U0101286

托 菲

［爱尔兰］莎拉·克罗森 著

毛蒙莎 译

SARAH
CROSSAN

TOFFEE

九州出版社
JIUZHOUPRESS

献给奥伊菲

人们可能会忘记你说过的话，
却永远不会忘记
你曾带给他们的感受。

卡尔·W. 比纳

她的名字叫玛拉

她的名字叫玛拉，

对她而言我是托菲，

尽管父母给我起的名字是艾莉森。

   事实上，

起这个名字的人是妈妈。

在我出生的那天，

对于一个呱呱坠地的啼哭婴孩

和她的名字，

爸爸是毫不在意的。

   他操心着那些在他眼里更重要的事情。

此刻，

玛拉正睡在我隔壁的卧室里，

打着呼噜，

   仰面朝天，嘴唇

       微张，

房间的墙纸上布满

勿 忘 我。

有时，夜里
她会突然惊醒，
哀哀哭泣，
同时胡乱晃动着双臂，向空气连声祈求
　　　放过她，放过她。
　　　我小跑着冲进她的房间，
　　　用指尖轻抚她的手臂。
　　　我在呢。没事的。
　　　那只是个噩梦而已。

这样往往能使她平静下来。
她会抬眼望着我，
　　　仿佛我就是那个她思念已久的人，
　　　然后闭上双眼，
　　　重新进入梦乡。

过软的床垫让我深深陷在里面。

棉布床单由于反复洗涤，

      已经薄如纸片。

窗前只挂着纱幔，没安窗帘，

      街灯刺眼的光线直射进房间。

      这不是我的家，

      这不是我的房间，

      这不是我的床。

      我不是我自称的那个人。

      玛拉也不是她以为的那个人。

我是一个想要忘记一切的女孩。

她是一个试图记住一切的女人。

有时我会悲伤。

有时她会愤怒。

      然而，

在这儿，

在这座房子里，

　　　　我比以往任何时候

　　　　都要快乐。

公交站

一个蓄着胡子的男人

      挨着我

      坐在公交站的长凳上。

他的指甲坑坑洼洼、边缘发黑，

      运动鞋的鞋头有几个破洞。

想吃品客薯片吗？

他变戏法似的从卡其外套里掏出一只红罐子。

      我挪远了一些，

      双眼死死盯着脚边那只

      塞满衣服和小面包的背包。

我带不了太多东西——

反正也没太多东西可带。

你的脸是怎么搞的？

男人斜眼瞟着我，"咔嚓咔嚓"地嚼着薯片，

              向我凑了过来。

薯片碎屑落在他的外套上，

      卡在他的胡子里。

看来你是被什么人给修理了。

我别过头，

希望

　　他会以为我听不懂，

　　把我当成外国人。

这正是我今天的感受：

我像一个背井离乡的外星人，

整个世界都充斥着噪声和不知所云的话语。

一辆公交车停了下来。我把车票递给司机。

　　那是一张能将我带往别处的黄色方卡

　　——用爸爸的银行卡买的。

　　　　　　逃兵。

　　　　　　骗子。

　　　　　　小偷。

我坐在车尾，

额头抵着冰冷的、结着水滴的

玻璃窗。

我将一路向西——
　　　奔向凯莉－安妮——
　　　她本不想离开，
　　　至少不想抛下**我**独自离开。

司机发动了引擎，车身剧烈地震颤起来。

我出发了。

红宝石戒指

她的行李箱中间很鼓，
像是吃撑了似的。
她准是前一天装的箱——所以这不是临时起意。
对不起，艾莉[1]，我必须得离开。
他越来越过分了。
凯莉－安妮摘下爸爸送的那枚
黯淡无光的红宝石戒指。

她的脸浮肿而苍白，
已经一连几周不见笑意。

可我仍不死心。

别走。
我一把拽住她的夹克。

跟我一起走吧。

---

① 艾莉森的昵称。

　　　　她盯着墙上的挂钟，

　　　　靴子已经套在脚上。

咱们先找个便宜的住处，

然后再作打算，怎么样？

现在就去收拾行李，

动作要快。

去吧。快！

我松开手。

你不爱他吗？

他是个混蛋，艾莉。

她胳膊上的绛紫色瘀伤就是证明。

你不爱**我**吗？

我没法解释清楚。但我不能再留下了。

她望着那枚戒指。

你一定比任何人都能理解。

是的，但……

我觉得额头发烫，

膝盖像是被锁住了似的。

他也没有那么差劲，不是吗？

他那么拼命地工作。

他只是累了。

艾莉……

我们是能让他变得更好的。

我们两个一起。

再试一次。

我不想再试了。她不耐烦地说着，

猛地拧住我的手腕。

此前

她从未伤害过我，

这回

手劲却这么大。

你不必在这儿待下去。

她无意识地朝镜子——

朝镜子里的自己做了个手势。

镜中的影像也回视着她，

支离破碎，

充满怀疑。

她并未意识到，

我别无选择。

我必须留下。

　　　他是我的爸爸，不是我的男朋友。

　　　你不能就这样撇下你的父母扬长而去。

除了他，我在这个世界上还有谁？

除了我，他在这个世界上还有谁？

我在门厅里啜泣。

凯莉-安妮从包里掏出一张揉成团的十英镑钞票，

里面像包礼物似的，裹着一枚硬币。

给。她说，

仿佛这张钱能使一切变好似的，

等我安顿下来，就给你打电话。

要坚强，尽量别惹他。

如果他问起，要记得你什么也没看见。

让他相信我还会回来，

这样他就不会四处找我了。

结局就是这样。

我从窗口望着她的背影，

揣测着爸爸回家后的反应——

当发现未婚妻已经离他而去，

　　　订婚戒指被留在门厅的玄关桌上时。

　　　这枚红宝石戒指曾经属于

　　我的妈妈——

　　　当时，他深爱的人

　　是她。

M5 高速

这一定是世上最长、最长的路。

　　混凝土，混凝土，还是混凝土。

我无聊地摆弄着手机，

　　沿着那条参差不齐的蓝线来到了

　　比尤德①。

倘若是在几个月前，

我会一路给雅克发送

　　各种低俗的表情包，

偷拍公交车上

　　那些人生输家

　　　　嘴巴半张的睡态。

　　眼下我却没有人可以发信息，

　　也没有家可以回。

___

① 英格兰西南部的一个海滨小镇，位于康沃尔郡。

但愿凯莉－安妮的生活里

仍有我的容身之处。

混凝土，混凝土，还是混凝土。

世上最长、最长的路。

比尤德

一只只小桶和一把把铲子

      悬挂在一顶雨篷上。

硕大的海鸥在半空中嘶鸣。

一群女孩一边走，一边咂咂吮吸着蛋筒上的冰激凌，

根本不把空中飘着的毛毛雨当回事。

      其中一个突然停下脚步，

随后又连蹦带跳地追赶起同伴来：

      等等我！

我提着背包

      一级一级地

            走下公交车的台阶，

踏上人行道，

深吸了一口带着咸腥的冰冷空气。

我有一个写在纸片上的地址，

还有一张存在手机里的地图。

这儿离凯莉－安妮的住处只有两英里[①]了。

---

① 1英里大约是1600米。

永远

一个穿花格子足球衫的男人
打开屋门。什么事？
他毫不掩饰地打量着我的面颊。

凯莉 - 安妮在家吗？
我的肩膀火辣辣地疼着。
我只好放下背包。

凯尔斯①？不在。
咱们恐怕再也见不到她了。
她脚底抹油——溜了。
他从门垫上捡起垃圾邮件，
随手翻了翻，
　　　然后走到屋外，
　　　把它们扔进了垃圾箱。
她现在在阿伯丁②，
找了份销售的工作。她可还欠着我房租呢。

---

① 凯莉的昵称。
② 苏格兰东北部的一个港口城市。

他掏了掏耳朵，然后定睛看着自己的手指，
仿佛能发现什么迷人的东西似的，
打她电话试试。但她未必会接。

我会试一下的。
　　　我没告诉他，
最近我发的信息，她同样一条未回，
也许她觉得没有回复的必要——
倘若她在阿伯丁，
而我却来了康沃尔。

我们之间隔着一整个国家。

你还好吧？
男人用目光检视着我的背包。

我得走了。我说。

你有什么地方可去吗？

他脸上的表情变得柔和起来。

一只猫在他脚边轻轻蹭着他的运动鞋。

我不知道。

但回不了家

是肯定的。

伤痕

我用
指尖
轻触
脸颊。

它仍在发烫。

小棚屋

尽管盖伊·福克斯日^①远在几周之后，
间或绽放的烟火却已经开始灼烧空气，
薄暮中弥漫着一股淡淡的火药味。

正前方，
　　　一条碎石小巷
在两列花园之间延伸向前。
尽管地图导航让我
　　　右转，
我却径直进入小巷，回到镇上，
朝大海的方向走去。

一个花园里，
　　　暖房的窗户已经破得不像样。
另一个花园里，
　　　成堆的玩具垒出了金字塔的形状。

---

① 1605年11月5日，一项企图炸毁英国国会大厦并炸死国王和议员的阴谋在最后关头遭到挫败，阴谋执行者盖伊·福克斯及其同谋后来被处死。为庆祝"火药阴谋"破产，英国人将每年的11月5日定为"盖伊·福克斯日"，当天会点起篝火焚烧福克斯的肖像和人偶并燃放烟花。

第三个花园里，

　　　　放着折叠桌和一摞帆布折叠椅。

在小巷的尽头，

在一座废弃房屋的阴影里，

　　　　立着一个摇摇欲坠的小棚屋，

　　　　屋门微开。

里面见不到一丝光亮，

密布的常春藤仿佛给窗户镶上了一道花边。

我从栅栏的缺口溜进花园，

推开小棚屋的门，

　　　　闪身而入。

四周满是生了锈的油漆桶，

　　　　装着水泥的袋子已经开裂。

沉甸甸的园艺工具挂在吊钩上。

正对着巷子的小窗，

被一件破损的羊毛开衫遮挡着。

我可以脱下套头衫当枕头。

我可以把脚抵在门板上凑合着躺下。

这并非世上最糟糕的住处。

空荡荡

尽管没开静音模式，

不可能错过任何提示音，

我还是忍不住查看了手机，

凯莉－安妮仍然没有和我联系。

爸爸也没有。

我试着躺下，

想象着明天的阳光，

祈求睡眠

在夜幕完全降临、开启恐惧之前

将我吞没。

我怕的

　　　　　　　不是大老鼠或小耗子，

不怕它们在夜里

像品尝口感鲜嫩、唾手可得的烤肉般

啃噬我的烫伤处。

　　　　　　　我怕的是人，

以及他们会怎样伤害一个

　　　　　　独自
　　　　　　蹲坐在
　　　　　　黑暗中的
已经身心俱碎的女孩。

我抓过一只生了锈的扳手，
掂了掂它的分量，
然后使出浑身力气，
朝可能潜伏着的陌生人，
朝正在逼近的危险，
　　　抡去。

　　　脸部的伤口传来一阵刺痛。

我丢下扳手，合上双眼。

收件箱依旧空荡荡。

夜间

　　　　小棚屋外传来一阵窸窸窣窣的动静，
　　　　　　　像是靴子踩在沙砾上的声响。
　　　　我坐起身，不敢相信自己竟然睡着了。

门"嘎吱"响了一下，
我失声惊叫。
　　　一只灰猫
如丝绸般
翩然溜进棚屋，
　　　一对小眼睛在黑暗中闪着幽光，
　　　宛若两轮迷你的明月。

喵——喵——我小声召唤，
轻叩着指尖，向它伸出一只手。

猫嗅了嗅空气，
　　　　然后转过身，
　　　　　　　竖起尾巴，
　　　　　　　露出屁股，
避开了我的关心。

爆米花

他提议来个
"电影之夜"，
说是等他
一冲完澡，
我们就开始看
　　　　我想看的任何东西。
他喜欢
　　　　《光猪六壮士》[1]，
会被它逗得大笑不止，
因此，我挑了这部
　　　　作为我俩共同的选择，
　　　　一切都已准备就绪。

他还喜欢咸味爆米花 ——
热腾腾现炸的那种。
于是我行动起来。
在灶台上的平底锅里，

---

[1] 一部涉及失业、抑郁等沉重话题的英国喜剧片。

玉米粒

　　　"嘭"

　　　　"嘭"

　　　　　"嘭"地炸开了花。

可我炸了太多，

油的温度升得过高，

厨房里浓烟滚滚，

报警器疯狂地嘶鸣起来，

　　　尖锐的噪声

在整间屋子里回荡。

爸爸顶着湿漉漉的头发冲进厨房。

真他妈见鬼！他咆哮道。

不等我解释

为他准备的

　　　这份

　　　　惊喜，

他就一把抓住

我的手腕，

死死拧着它，

把我拖进花园，

罚我

在寒风里

坐了

好几个钟头，

来反思

我的所作所为。

瘀伤

我睡不着了，
于是从包底抽出一根香蕉，
剥开外皮。

　　果肉表面
　　布满棕色的斑点。

　　我只好把它扔到一旁。

　　我从来
　　没法咽下
　　带着瘀伤的水果。

掩盖

很少有什么不能被我成功掩盖——

用衣袖、连裤袜，

以及一张伪造的假条：

　　　　艾莉森由于×××，

　　　　　　今天不能上体育课。

老师们会翻个白眼

（对生理痛没有半点同情），

让我坐在场边。

同学们穿着短裤和T恤在蹦床上弹跳，

　　　　俯身着网、反弹立起，

　　　　　　　　空翻，

　　　　　　　　凌空跃向

　　　　　　　　体操房的屋顶，

为感受到的快乐

　　　　　　　和自由

　　　　　　　　放声尖叫；

我则利用这个时间

暗自谋划

怎样在当天躲开爸爸，

给瘀伤一些时间

由青紫色褪为黄色。

沙滩上的早餐

海浪冲刷着沙滩，
小孩子不停地抓起一把把沙子往嘴里送。
我用仅剩的一点现金
买了一袋开过封的薯片
　　　——爸爸的卡已经刷不了了。
我把薯片浸在醋里，
搭着一根粉色棒棒糖，把它们吃了个精光，
仿佛才八岁似的。

天空开始落雨，
沙滩被渐渐染成了深色。
除了重返棚屋，我无处躲藏。

　　　我只好朝它走去。

空房子

宽大的窗户紧闭着，比起

从花园
另一头
远　观，

走近了看倒干净不少。

我窝起手掌挡在眼周，
贴到后门上往厨房里窥视：
棕色的橱柜、锡质的沥水板 ——
它们老旧得仿佛在我出生前便已存在。
炉灶上搁着一只水壶。
水在沸腾，
壶在鸣叫，
简直像在召唤什么人：

快来，快来，
来终结蒸汽的咆哮。

随后我便看见了她 ——
从打开的冰箱门后面走出来，

面容憔悴，

当她发现我时，

脸上瞬间被恐惧填满。

我俩面面相觑，

都僵在原地。

邀请

我返身
飞奔回花园，
冲进棚屋，
抓起背包
就要

　　　　　　逃
逃
　　　　　　逃。

已经无法留在这里，
我只想尽快逃离。

然而……

托菲？
一个声音传来，
轻得好似铅笔尖划过纸面。

无论我怎么拼命　推
　　　　　　　　　　　拉,
栅栏始终卡在原处。
　　　　　　　接着,
那个声音再次传入我的耳际 ——
比上回响亮了些,
她多半是个爱尔兰人。

看在老天的分儿上!
回来, 托菲!

那个女人像课堂上的孩子般
举起一只手。
托菲? 她第三次召唤,
这也许是一个
进屋吃点甜品的邀请。

她的语调里隐隐透着绝望。

我知道那种滋味 ——

绝望地央求某人不要离去。

于是我停了下来。

漫水

厨房里萦绕着十字面包①的甜香。
台面上的空盘子里只剩下
烤煳了的面包屑。

我好想来一个——涂了厚厚一层黄油的那种。

水关不掉。
那个女人
　　　　　用整只手朝某个方向比划着，
骨节突出的手指蜷向掌心。
我拧不动水龙头。她解释道，
本以为他们会把这事弄得更轻松呢。
又不是所有人都是肌肉男。
不过要是有个肌肉男每天上门替我拧水龙头，
倒也是件美事。
天哪，说实话，那可真是够撩人的。
她眨眨眼，咯咯笑了几声，

---

① 一种掺了香料和葡萄干、表面画着"十"字标记的甜面包。

领着我穿过厨房

来到门厅，

然后继续向前，走进一间浴室：

浴缸里的水

眼看就要漫到小方毯上。

我拔掉塞子，关上水龙头，

水流汩汩作响，

一只灯泡忽明忽暗地闪烁着。

我本想洗一下窗纱。

但现在我要把它们扔掉。

我宁可全扔掉也不想洗。

本来嘛，现在谁还需要窗纱！

那些不怎么白净的窗纱被团在一起，

高高堆放在台盆里。

我得走了。

我后退一步，

眼睛盯着前门。

那个女人把脑袋歪向一边。
你就不能留下吗？她问，
我会让妈妈再做一盘的。
你家里又没多少东西可吃。

啊？不了，我还有事。我试图拒绝，
脚却没有动。
　　我的身体比大脑更清楚我当下的处境：
　　身无分文，无处可去，
　　一旦离开，就只能在雨中流浪。

那个女人冲我一笑，
露出一口泛黄的、东倒西歪的细牙。
她仔细打量着我的脸。

疼吗？她问。

我抬手摸了摸那个烫痕。

嗯，我承认道，有一点。

她看上去并不怎么替我难过，但她对我说：

我有药膏……让我找找……

说完便拖着步子走回厨房，

在柜子里一通翻找后，

拿给我一瓶指数30的防晒霜。

你要的是这个吧？她问。

我把瓶身翻过来看了看，笑了。

唔，好像还没到用它的季节，不是吗？

她突然有些恼火，

好像这个错误都怪我似的。

我的胃饿得阵阵灼痛。

我能吃个十字面包吗？我问。

噢，行吧。

　　　反正你总是这样，肚子饿了才来看我。

她拉出一把椅子，

坐这儿。

过来坐。

热乎乎的十字面包

松软的面包、　　　　葡萄干的汁液
和化开的黄油　　　在我嘴里

瞬间融为一体。　　我从未想象过
会有食物　　　　能如此美味。

我叫玛拉

你叫什么名字？我问。

她责备似的晃着一根手指，
面色阴沉下来，
仔细思考着我的问题。

       我叫玛拉。

       对。

       我叫玛拉。

       我说……

           周六那场曲棍球赛，

       康纳那边有回音了吗？

       咱们到底去还是不去？

       真受不了被他这么忽悠。

       周周都是同样的屁话。

       不过他就是这副德性。

她顿了顿，朝窗外瞥了一眼，

       变天了，是不？

       昨天还跟夏天似的。

       我原本打算种点薄荷。

你能闻到一股焦味吗？

还是说只有我能闻到？

冰雹如珠子般，

噼噼啪啪地砸在玻璃上。

玛拉递给我一支樱桃味润唇膏，

然后指指我的脸颊。

试试这个。

我能再吃个十字面包吗？我问。

我是托菲

我告诉玛拉我的真名，

说了两遍：

艾莉森。艾莉森。

她用了一会儿这个名字，

　　　没瞧我，

然后又继续叫我托菲。

她认为那才是我，

于是我不再纠正，

反正

我挺喜欢

　　　那种甜蜜而坚硬的感觉[①]，

　　　以及做个名字耐咀嚼的女孩。

　　　一个能让人硌掉大牙的女孩。

---

① "toffee" 这个词不用作人名时，最常见的意思是 "太妃糖"。

培根

我盯着浴室的镜面，
检查着烫伤受创的脸颊，
本以为那片红肿已经消退，
想必那块疤痕也淡了一些，
可它还在那里，

                            如此醒目。

与其说我是被烫伤，
不如说是被打上了烙印——
那颜色，那形状，
活像是一片培根被粘在了我的脸上。

镜中的玛拉站在我身后
        注视着我，
两道几乎不存在的眉毛紧蹙着。
看起来挺严重的，让我来帮你吧。

不用了。我干巴巴地说，

不知该如何面对她的关心，
只能扭过脸去，尽量少让她在镜子里看见
我抽搐着的脸。

　　　　我不需要来自陌生人的同情。

　　　　何况那伤害一半是我自找的。
　　　　　　愚蠢的我。
　　　　　　愚蠢的嘴巴。
　　　　　　愚蠢的错误。

会消退的。
她的嗓音里透出一丝愤怒。
我印象中你伤得没这么重。

　　　　　　她手上戴着一枚亮闪闪的
　　　　　　　　蓝宝石戒指。
　　　　　　耳朵上戴着一对珍珠耳钉。
　　　　　　这两样东西都能卖不少钱。

48

我一时语塞，

眨了眨眼睛。

我得走了。我告诉她。

我快步走进门厅。

楼梯底端的柱子上

挂着一只

搭扣敞开的

皮包。

玛拉摇摇头，看上去很难过。

要是你能留下就太好了。

我们可以玩扑克。哎呀，别走啦，托菲。

那我等天气好一些再走。

一只烟灰缸里

放着一堆零钱。

天气预报说

要一连下

好几天雨。

闲谈

我们一起听了脱口秀，看了新闻，

吃了饼干，还喝了茶。

十点整，玛拉的手机发出"嘀嘀"声。

          我该睡了。

她关掉电视。

每当准备考试的时候，

我也会设个提醒，

好让自己按时睡觉。我告诉她。

一整晚，我都没说过这么多话。

          噢，我什么都设提醒，

          不然就记不住。她说着，

          眼睛盯着手机。

          全是佩姬帮我设的。

          那就晚安咯。

          你现在要走吗？

          我累扁了。

确实，时间不早了。

　　　　　她点点头，便离开了，
　　　　回卧室的路上，随手熄了灯。

不知何故，
我蹑手蹑脚地
跟在玛拉身后上了楼，
把耳朵贴在她的房门上
听了听动静，
然后推开另一扇门。
跃入眼帘的是一间卧室——
　　　　床上什么也没铺，
　　　　墙面被刷成牛油果绿。

　　　　没有其他人住在这里。
　　　　这一点显而易见。
　　　　所以我可以住一晚。
　　　　　区区一晚能惹出什么乱子来呢？

我快步跑下楼梯，

从厨房的窗口久久地注视着棚屋，

但没有离开，

        而是锁上前后门，

重新回到了那间

牛油果绿的

卧室里。

胜利

不给爸爸打电话的每一个钟头
都是一场胜利，
一种宣言：

      我不需要你。

      我不想和你待在一起。

然而，

    随着时间的推移，

    我越发怀疑

爸爸的沉默
是否意味着
他也抱有同样的想法。

警报

我被骤然响起的警报一把拽出睡梦，
穿着T恤和内裤就飞奔下楼。
　　　"呢-喔——
　　　"呢-喔——"

厨房里弥漫着烤吐司的焦烟。
玛拉穿着睡袍，摇摇晃晃地站在一张凳子上，
正朝屋顶的防火报警器拼命挥动手中的茶巾。

我抓起一份报纸猛扇着浓烟，
直到噪声戛然停止，
然后抓住玛拉的手腕，
将她从凳子上颤颤巍巍地扶下来。

你到底是谁？她问，
你怎么没穿裙子？

我犹豫了一下。
我是昨天到的。

我马上就走。

不好意思。

她盯着我的脚——

指甲尖上的紫色指甲油

已被挤脚的鞋子磨掉。

是你把吐司烤煳的吧？不可能是我干的。

她的声音里透着怀疑。

我甚至都不爱吃吐司。

我喜欢涂了黄油的小面包。

冰箱的门开着。

一层架子上

整整齐齐地码着

一小摞平装书：

简·奥斯汀，

艾米莉·勃朗特，

吉莉·库珀[1]。

① 吉莉·库珀（Jilly Cooper，1937— ），英国爱情小说作家。

我饿得都能吞下十二使徒了。她说，

你顺道买香肠了吗？

我超想吃土豆泥。

现在是早上六点一刻。

我睡眼惺忪，

　　饿得胃痛。

卷铺盖走人前，我得先填一填肚子。

这地方没法待——

　　　　她显然是个疯子。

我去做香肠三明治。我说，

你去看看电视里在播什么。

她走向金属面包保鲜箱。

我可以帮着涂黄油。我又不是废物。

她啃着大拇指的指甲，

　　　　扫视着厨房的每个角落。

不过你到底是谁？

玛丽和多纳尔知道你在这里吗?

佩姬是不是已经在来的路上了?

我是政务委员会的人。我告诉她,

抓起她的手肘将她带进客厅。

政务委员会? 别跟我来这一套。

政务委员会的人可不会穿着内裤上门。

你以为我傻啊?

佩姬到底来了没有?

她冲我摆出一副要大干一场的架势,

呼吸中却满是睡意。

我转身走回厨房,去准备香肠。

她跟了进来,站在那里看着——

　　　　看我穿着内裤

做早餐。

是谁把你的脸弄成这样的？

她问。

没谁

我告诉她。

家务帮工

我正在拉牛仔裤的拉链，

一个清晰而洪亮的声音骤然响起。

玛拉！是我，佩姬！

前门被"砰"地关上。

我没法把这该死的连裤袜穿上去！

玛拉在隔壁那间卧室里嚷道。

我的屁股变大了！

楼梯上响起一阵脚步声。

我轻轻推上卧室的门，

把一只耳朵紧紧贴在门板上。

屁股再怎么大得惊人，也没你说的话惊人。

还没穿好衣服吗？我都发信息提醒过你了。

那个叫佩姬的女人笑着吹起了口哨，

　　　　听上去完全不着调。

他们另外派了个人来。玛拉说，

一个丫头。

挺可爱的。

但差点把我的房子烧掉。

一阵沉默。

有人要抢我饭碗？佩姬问，

她比我还有趣吗？

她是翻窗进来的吧？

玛拉没有作答，

因为这些并非真正的提问，

而是高高在上的假意附和。

佩姬不信玛拉说的任何一个字，

只当它们是胡话

                        而非事实。

她肯定有钥匙。玛拉说，

要么可能整夜都在这里。

毕竟她只穿了条内裤。

隔壁房间传来一阵响动，

像是在清扫拾掇，瞎忙一气。

好吧，我一定仔细检查，

确保她已经走了。

其实佩姬根本没当真，

抱歉我迟到了。

从斯特拉顿①开始，

有辆拖拉机一路挡在我前面，

死活不肯让我先过。

烦死人了！

我手忙脚乱地

把房内属于我的东西一股脑儿扫进背包，

　　　　然后悄声

　　　　钻到床底，

———————————
① 比尤德附近的一个小镇。

紧挨着一排落满灰尘的帽盒

　　　　躺好。

最终，房门还是被打开了——

两只笨重的白色运动鞋出现在我的视野里，

　　　　鞋带整整齐齐地穿至最上面的孔眼。

空房间里没人，玛拉！佩姬嚷道，

　　　　她的脚定在那儿一动不动。

然后她俯身

从地毯上拾起

我漏收的一只袜子，

　　　　垂下的头发挡住了她的脸。

恐怕这里得打扫一下。

　　　　说完她就走了，

在房门外大声问道，

那些什锦糖，你今天吃了没？

什么什锦糖？

你的药，好太太，你的药。
我去把它们找出来。你打扮好自己
就赶紧下楼。

口袋里，我的手机震动了一下。

我看了看手机

凯莉－安妮终于发来一条信息。

老天！你在哪儿???

我只回了一个词——

比尤德

然 后

明天见！佩姬嚷道。

我从窗口朝外窥视。
佩姬是个体态臃肿的女人。
她"砰"地关上玛拉屋前的大门，
爬进一辆对她来说空间过于狭小的轿车，
　　　车子的后视镜是用胶带绑上去的。

我带着全部家当
蹑手蹑脚地走下楼。
门厅里，玛拉的手提包
依旧挂在楼梯底端的柱子上。
我从手提包里掏出她的钱包，
取出一张
　　　　崭新的
　　　　　十英镑钞票，
又把钱包放回原处。

然后我就

冲出后门，

朝海边跑去。

傻瓜

海滩上有个男人正在逗弄一只海鸥，
又是模仿它大摇大摆的步态，
又是学它粗砺的怪叫，
同时还用金属探测器
搜寻着加起来都不够买一包薯片的
小额硬币。

一个女人戴着耳机在看书，
一对蹒跚学步的双胞胎
正用沾满沙子的铲子相互敲打。

一对恋人躺在浴巾上，
在大海的边缘，
分享着吻和细菌。

我把东西堆放在一起，
把袜子塞进鞋子里，
走到海边。

冰凉的海水

轻抚着我的脚背。

真希望

这股寒意能遍及我全身。

可我穿着牛仔裤和套头衫，

没法像附近的狗那样一头扎进水里，

冲着海浪吠叫、撕咬。

接着，大雨瓢泼而下。

强劲的海风卷起沙砾，

刮擦着我的皮肤。

我回到先前放东西的地方。

然而，

我的背包不见了。

包里的东西——

所有备用衣服，

我的手机，

　　从玛拉那儿顺来的

　　　　一块"奇巧"巧克力，

都随之不翼而飞。

该死。

混蛋。

见鬼。

该死该死该死。

我沿着海滩一路小跑，

　　此时沙滩上已经空荡荡的，

只剩下那个手持金属探测器的男人。

他停下脚步，

摊开手掌向我炫耀他的一大收获——

一只金耳环。

一切都是运气问题。

你要做的只是把握住时机。他说。

口红

爸爸在我书包里发现了一支口红，
来找我对质。
这是什么？
我一时语塞。
之前那个星期，他撞见我在看
凯莉－安妮的《大都会》女性杂志，
直接把它撕成了两半。
你有男朋友了吗？他问，
语气并非全然严厉。

没有，爸爸。

那你化什么妆？

我不知道。
而事实是：我并没有化妆。
那支口红我是用过一两回，
可过不了几分钟便会掉色，
所以我觉得抹它没多大意义。

他深吸了一口气。

我已经很有耐心了，艾莉森。

但你别逼我。行吗？

我用衣袖擦了擦嘴，

尽管我很确定

我的嘴唇上没有抹任何东西。

知道了，爸爸。

甜香

一家家商店都在打烊，

人们拉下金属格栅，拴上挂锁，

以防玻璃被砸，东西遭窃。

有个女人正在给一家糖果店的大门上锁——

      五颜六色的软糖在橱窗里

      成排摆放，诱惑着路人。

她的头发高高盘起，

宛若纸杯蛋糕顶部的那层糖霜。

看见我时，她冲我微微一笑，

然后走到我面前，

身上散发着一股甜香。

你还好吧，亲爱的？

她抬眼望了望阴云密布的天空，

视线重新落在我的脸上，

很快又别开了目光。

      我忘了我脸上有伤这回事。

镇上有青年旅舍吗？

你是指背包客住的那种还是……？

她无从判断我的年龄——
　　　　不知是否该替我感到担忧。

我在旅行。我告诉她。
她如释重负，脸上绽放出笑容。

我已习惯于这么做——
　　　　抛出谎话，观察人们
　　　　在无须为他人操心时
　　　　感到的那阵轻松。

老师们就是这样。
　　　　家里一切都好吗，艾莉森？
　　　　　　他们会问，只将视线略微抬离
　　　　　　正在批改的作业。

而我只消使劲点点头，便足以驱散
他们心中的隐忧。

散发着甜香的女人正抬手指着某个方向。
要我说，性价比最高的
是萨默利兹新月街上的一家 B&B[①]。
每年这个时候折扣都很大。
挺便宜的。

啊，真好。这样我就能有个落脚的地方了。

---

① 一种提供住宿和早餐的旅馆，全称是 "Bed & Breakfast"。

游荡

我不该游荡。

我需要显出目标感，
摆出一副正往什么地方去的架势。
否则，我立马
就会被人注意到。
嘿，甜心，给咱笑一个。
那个男人放慢车速，以便
尾随我。
想搭车吗？上来吧。
我加快脚步，沿着斜坡闷头向上赶。
你这是要去哪儿？
有谁在等你吗？
上车吧。我又不会咬人，甜心。
他被红灯拦了下来，
我连忙
冲出他的视线，
拐进一条小巷，
狂奔，狂奔，狂奔，

直到尽头，

直到另一条路映入我的眼帘 ——

    我认出这是玛拉住的那条路。

一个遛狗的男人从我身边经过。

不知何处响起一声震耳的汽车喇叭声。

嘎吱

小棚屋的窗户嘎吱作响,
雨点重重地砸在屋顶上。

我坐在黑暗中,
将身子蜷成一团
来抵御寒气。

必须承认,
当初离家时,
我所想象的情形
比眼下这个要强。

而如今,
我丢了手机,
凯莉－安妮再也找不到我了。

生日

凯莉－安妮早早地将我叫醒。
起床啦，懒虫，今天可是你的生日！

她做了法式吐司，
在上面加了奶油和浆果。

我的早餐旁边摆着一只盒子，
是我念叨了许久的弓箭组合。

并非真正的弓和箭——箭的前端
不是尖头，而是吸盘。

不过，她还买了玻璃彩绘笔，
已经在窗上画了一个五颜六色的靶子。

我们一整天都在朝着窗户拉弓放箭，
精进着这项技能。

我想，我们是在学习武装自己。

我们是在学习如何去战斗。

我俩永远在同一个阵营。

漠视

玛拉正检查着一盆摆在露台上的薰衣草。
我从棚屋的窗口观察着外面的动静。
在她身后，佩姬正在厨房里忙碌。

玛拉咕哝了一句什么。

佩姬大声问：啥？你说啥？

玛丽什么时候来？玛拉嚷道，

　　　　　　　　音量比实际需要的大很多。
我得买几样小东西——
至少要能做些三明治。
她上次来的时候，
模样就跟那些玩滑板的人似的。
让人见了都有施舍的冲动。

我笑了，但没有完全听懂
玛拉的措辞，
想必佩姬也是如此。

玛拉用拇指和食指

捻了捻薰衣草，

任指尖的留香沁入鼻息。

突然，她望向棚屋。

我吓得僵在原地。

佩姬走到屋外。

鸡蛋好了。她说着，

将玛拉带离了那盆植物，

没对她方才的话

表现出一丝一毫的兴趣。

一只黄蜂尾随着她俩飞进屋内。

伙伴

也许玛拉会跟佩姬说起我，
但佩姬肯定会置若罔闻，
　　　　更
　　　　不能
　　　　保护她远离任何
闯入者
侵略者
强盗
和窃贼。

我可以当个幽灵。

我可以扮演托菲
塔拉
克拉拉
克莱尔
或是那位老太太想要的任何角色。
　　　　倒并不是说
　　　　艾莉森已经获准留下。

但艾莉森 —— 她可以非常安静，

几近隐形。

我知道有许多
比丧失名字
更糟的处境。

我可以留下。

即使玛拉抱怨有什么异样，
也没有人会相信。

他们会假笑着允诺，
再将整个房子检查一遍，

实际上他们会说她疯了。

我若留下，可将任何需要的东西据为己有，
而且不会有人
上前阻拦。

遗忘

我让你下楼你再下来，
听见没有？
他的面孔涨得通红，
脖颈上青筋暴突。

听见了，爸爸。
我飞快地跑开，
与他保持安全距离。

我错过了午饭，
又错过了晚饭。
第二天早晨，他出门上班时，
我把房门推开　　　一英寸[①]，
　　　随后又赶紧关上。

　　　还没到晚上，
　　　　　我的胃就开始灼痛。

———————————
① 一英寸大约是2.5厘米。

艾莉？爸爸在楼下喊，
你放学回来了？

我奔到楼梯过道上。
我一直待在房间里。我告诉他，
你说我不可以离开。

他倒吸了一口气。
知道吗，
有时你简直是个白痴！

归来

我小心翼翼地打开

后门。

玛拉绷着脸，

正用螺丝刀

猛戳一台收音机。

我没法让这破玩意儿正常工作。

到底哪来这么多按钮？

需不需要装电池？

我一节都找不着。

她抬头瞥了我一眼。

你不是佩姬。

我考虑说出真相，

然而，

这个念头只持续了一纳秒①。

我是托菲。

---

① 一纳秒等于十亿分之一秒。

我竭力挤出一个假笑。

    在伪装这件事上

    我并不缺乏练习——

    我知道看起来快乐

    应该是什么模样。

玛拉一歪脑袋。

别傻站在那里。

把这破玩意儿修好。

水果

果盘里放着两只柠檬，
一只发软的苹果，
以及
一枚锃亮的
一英镑硬币
和一枚二十便士硬币。

我把钱揣进兜里，
将水壶搁上了灶台。

制度

爸爸喜欢与制度较量，
　　　　有时也爱与人较量。
那回我需要一条新牛仔裤，
我俩一块儿走进"河岛"①店铺，
他径直冲到男装区，
从挂衣钉上取下一件格子衬衫，
扯掉最上面的那颗纽扣，
然后大步流星地迈向收银员。

我站在他身旁，开着小差，
　　　　琢磨着能否从柜台上的
　　　　那只碗里拿块口香糖。
　　　　不，我没有收据。
　　　　　　可它有质量问题，
　　　　不是吗？
　　　　你自己看。
　　　　看。

---

① River Island，英国知名时尚品牌。

看见没？

看那儿。

她轻声提出一个解决方案。

不，我要退款。

又是一个解决方案。

不，我不想换新的。

柜台后的那个女孩年纪比我大不了多少，

编着长长的辫子，

描着绿色的眼线 ——

我知道被他言语轰炸

是种什么滋味。

我最多只能给您一张等值购物卡。她喃喃道，

经理吃午饭去了，一个小时了还没回来。

爸爸用手指敲着柜台，

接受了这个提议。

我俩走开时，

他把购物卡悄悄塞到了我手里。

去挑牛仔裤吧。他说，
我在车里等你，动作快点。

这是多年来，他对我做过的最友善的事情，
为此我一直提醒自己要爱他。

《月亮虎》①

玛拉的书架上摆着一排排
平装书：

古典文学，诗歌，爱情故事，犯罪小说，
书脊都已弯折、破损，
书页也已泛黄、发脆。

我弓身蜷坐在灯下，
读着一本叫《月亮虎》的书，
像祷告似的
默念着书中的字句。
玛拉则坐在那里，凝视着自己的大腿，
忽然变得委顿，

沉默，

疏离。

我完全不了解她此刻的感受，
这种一无所知令我有些局促，

---

① 英国作家佩内洛普·莱夫利（Penelope Lively）创作的一部女性成长小说。

在椅子上频频调整着坐姿。

终于，她的手机响了一下，
这使她醒转过来，
神游天外的思绪重新潜回屋内。
该睡了。

她在门口转过身来。
你要回家了吗？

嗯。马上。
我把书举起来给她看。

她神情有些木然地点了点头，
然后走上楼去，
　　冲完厕所，
　　便关上了卧室的门。

我捧着《月亮虎》

坐在半明半暗之中，

直到睡意渐渐袭来，

我再也没法强睁着眼

读完最后几章。

电流"嗞嗞"地穿过房间。

什么东西发出了爆裂声。

但玛拉没有下楼。

她已沉入梦乡。

我就这么独自坐在她家中，

读着她的书，

在她面前假装成另一个人。

明天她就会将我识破。

但我想这不妨碍我安然度过今晚。

我有一张床，

而且这座房子的前后门

都已牢牢反锁。

我无家可归。

于是我决定留下。

太长

我不知道他赶时间，
直到他

突然出现在我身后，
透过全身镜与我四目相对。
我一直在等。他说。

凯莉－安妮穿着一条新裙子，
在楼梯过道里晃悠。

外面冷吗？

你俩穿外套吗？

爸爸没有理睬。

马上就好。我说，
同时握着梳子
从发根一梳到底，
试图扎起一条高高的马尾。

你俩穿外套吗？凯莉－安妮又问了一遍。

此时她已走进我的房间，就站在爸爸身旁。

他怒冲冲地走了出去。

　　她做了个鬼脸。

爸爸回来时

　　手里握着一把剪刀。

他一把拽住

我的马尾，

朝着发根就是一剪刀

　　　　一剪刀

　　　又一剪刀。

我还没来得及挣脱，

整条马尾已经从他手中垂落。

　　凯莉－安妮惊得倒抽一口凉气。

　　马尔库斯！

太长了。他咕哝道。

我点点头。

可我不知道太长的是什么 ——

是我让他等待的时间，

还是他刚从我身上

　　夺走的头发。

清洁工

从厕所里走出来的时候，
我被玛拉撞见了。

  你是谁？
她失声尖叫起来，
张开手指挡住脸试图保护自己。

我举起双手
走到门厅的灯光里，
准备告诉她

  我是托菲。

玛拉倒退一步。

你是谁？

  我注视着她。

  我是谁？

  是谁？

  谁？

  想想，艾莉森，好好想想。

我只是来打扫屋子的。我小声说。

我在楼梯底端坐下，

飞快地穿好运动鞋。

门厅的玄关桌下挂着蛛网。

玛拉抓过一把雨伞，

冲我挥了几下。

我不需要清洁工。

你不要再来了。

我完全可以自己打扫屋子。

我明白了。

她将雨伞举向高处，

因为笨拙，

因为不走运，

伞面"啪"地撑开了。

我上前几步，

朝她摊开一只手掌。

我还没拿到钱呢。

见我如此厚颜无耻，她似乎冷笑了一下。

莫非我看起来像个没用的瘸子？

我才不是。

我能推着扫帚满屋子跑，

还能用它打断一个人的脊背——

要是谁敢糊弄我的话。

　　　　别以为我只是说说而已。

你根本没在打扫。

你欠我十二英镑。我告诉她，

不明白自己为何如此不依不饶，

为何就不能离开，

过些时候再回来。

她强忍着没作声。

你的手提包在客厅里。

我语带嘲讽，

一脸寸步不让的神情。

　　　　赶紧走，我告诉自己。

　　　　你到底在干吗？

你不会从我这儿拿到一分钱。

她不是在说笑。

我绕过她，

快步走进客厅，

拿起她的手提包，

然后折回原地，把包递给了她。

十二——英镑。

我的双膝在发颤，

尽管她望向我的眼神里少了几分笃定，

兴许还流露出一丝恐惧。

你在这儿干了几个小时？

两个。每小时六英镑。

她抬眼望了望天花板，

把撑开的雨伞放到一边。

我不希望你再回到这里来，女士。

别再让我在这座房子里看见你。

听见没有？

要是见到你回来，我就报警。

别以为我只是说说而已。

她瞥了一眼拨盘式电话机 ——

黑色的机身上已经落满灰尘。

我耸耸肩。

她递给我一张十英镑钞票和两枚硬币。

回见。我说。

受困

我没有防水外套，
可天气很快就由多云转为暴雨倾盆，
　　　厚厚的雨帘
　　　整片整片地扫过天际。

寒气从海上袭来。
我的脸颊一阵阵刺痛。

我缩在
　　　两间倾斜的海滩小屋之间
躲雨，
直到一双猎人牌雨靴
　　　在我面前停下
才仰起头。

一个女孩正蹙眉俯看着我，
身旁还跟着一条皮毛顺滑的拉布拉多。
狗摇着尾巴，
　　　　　弄得水花四溅。

雨水从女孩的帽檐上滴落。

你受伤了？她问，

你的脸怎么了？

我只是被雨困在这里了。我说。

13号海滩小屋

这间海滩小屋背靠小镇，

面朝大海，

大西洋的景致一览无遗——

倘若你有勇气出航，

一路直行便可抵达美国。

小屋的木板散发着薄荷与霉菌的气味。

我好想住在这里。我小声对那个女孩说。

她正用一块抹布替狗擦干身子。

她放声大笑，

然后告诉我她哥哥

准备大学入学考试时，

曾搬到这里

住了一个星期，

可差点被鼓声逼疯。

是谁在敲鼓？我问。

我呀。她漫不经心地答道，

仿佛那是一件稀松平常的事情。

她的名字叫露西。

她说话时的样子，

就好像全世界向来都对她洗耳恭听似的。

我无法直视她的眼睛，

      只好闷头盯着地板，

仔细观察狗狗的爪子

和水母图案的小地毯。

她抬头瞥了一眼沉寂下来的屋顶。

雨停了。她说。

我对这句话的理解是：

           你可以走了。

于是我便照做了。

朋友

爸爸不喜欢我交朋友。

他说：

> 假如我掏钱让你去游泳，
>
> 你就会觉得一切都唾手可得。
>
> 告诉你，它们得来不易。
>
> 让自己变得有用起来。
>
> 从那台洗碗机开始。

他说：

> 等考完试，
>
> 你可以找份周六上班的兼职。
>
> 我已经是个不错的父亲了。
>
> 至少你从不缺吃少喝吧？

他说：

> 这么晚了，不许出去。
>
> 你以为我不知道你在搞什么名堂吗？

我好想请朋友来家里玩，

然而

> 这也不行。

索菲和雅克不是那种

　　　察觉到异常后会保持沉默的女孩——

　　　雅克会瞎担心，索菲则爱多嘴。

我不想让她们撞见

　　　爸爸怒容满面、大发雷霆的样子，

看看他待凯莉–安妮是多么冷酷吧。

你怎么没去马丁家？雅克问，

他喜欢上你了，一天到晚把你挂在嘴边。

他哥哥买了辆新摩托车。

说是下回会带咱们去兜风。

但你穿衣服得注意，

小心排气管烫伤你的腿。

艾莉觉得她不该跟我们这号人混在一起。索菲说，

你是有男朋友了还是怎么的？

他叫什么名字？是雅克的爸爸吗？

闭嘴。雅克说，

使劲推了索菲一把。

两人都笑了。

雅克的爸爸当时正跟一个二十岁的小女友同居，

房子是租的——起居卧室两用的单间。

我们只当那个女友还在念小学，

只当雅克的爸爸是个怪物。

雅克则假装觉得这是件好笑的事。

我原本是想出来的，我告诉她们，

可我爸故意找我麻烦。

既然这样，那周六一起来吧。雅克说，

我们要去看电影。

偷偷溜进去看。

本来也没啥值得花钱的东西。

她比索菲劝说了更久，

使出浑身解数，以防我

溜
掉。

我来不了。

可我说不出个理由。

我不出去玩的唯一原因

是我害怕。

但我甚至

解释不清，

我到底怕爸爸干出什么事来。

等 待

玛拉坐在厨房的餐桌旁,

气鼓鼓地瞪着一组填字游戏,

指间夹了一支盖着笔套的圆珠笔。

我轻轻敲了敲木质门框,以免使她受到惊吓。

我回来了。我说,

      语气尽可能随意,

      祈祷她会记起我是托菲,

      而非那个冒牌清洁工,

      这样我才能留下。

噢。她轻声应道,话音里听不出一丝兴奋。

        有六个横向字谜需要你帮忙。

        住所 —— 四个字母。

我不停地摆弄衣袖,

把袖口拉扯至指尖。

Home。我小声说。

她数了数小格子。

你到家了。

对。Home。就是它。

填字游戏

爸爸说过的每一句话都是一个字谜。

　　空白、线索，

　　词语

　　纵

　　V

　　E

H O R I Z O N T A L L Y 横

　交 T

　　I

　　C

　　A

　　L

　　L

　　Y 错，

答案从不分明。

我能看透填字游戏，

却永远看不透我的爸爸。

累

那只是噪声。

响亮的噪声——除此别无其他。

响亮的噪声——在我周围回荡，

随后便　　　　消散在空气里。

既然如此，为何他咆哮时我会发抖？

艾莉森！艾莉森？

我跟你说过多少遍了，

不要把鞋子到处乱放！

我心中有数：

　　　　上学穿的鞋子正躺在沙发旁——

是我看书前甩掉的；

　　　　运动鞋还在浴室里——

是我冲澡后留下的。

　　　　那会儿凯莉–安妮还没搬来与我们同住，

　　　　还没教会我如何避免惹毛他。

　　　　　那会儿我约莫七岁，

　　　　偶尔还会尿床。

艾莉森？需要专门腾个地方给你放鞋吗？

艾莉森？你在哪里？

肯定没在打扫房间。

楼梯上响起他沉重的脚步声，

　　　　每一步都透出愠怒。

我的要求不多吧？

我问你，难道我的要求多吗？

保持房子整洁又不难做到。

难吗？

这么难吗？

墙面在微微颤动。

天花板仿佛压了下来。

我走到楼梯过道上。

抱歉，爸爸。

我现在就去收拾。

我流着泪，

淌着鼻涕，

喉头传出哽咽声。

他心软了，

突然间

脑袋一歪，

像是要给我做思想工作。

老天，艾尔①，我太累了。

没别的原因。

别哭了。拜托，饶了我吧。

我们是好伙伴，不是吗？

那时他本可以给我一个拥抱，

让我知道他并非有意冲我吼叫，

让我知道被爱是一种什么样的感觉，

                     然而他没有。

他打开自己卧室的门，

甩掉脚上的鞋子，脱下衣服往地上一扔，

倒头就睡。

这就是问题所在。

        他并没有撒谎。

他是真的太累了。

---

① 艾莉森的昵称。

广告时间

玛拉打了几分钟盹儿。

睁开眼睛的时候，她害怕了。
玛丽在哪里？她问，
把身子紧紧地贴在椅背上。

我不知道她在哪里。
我举起双手，表示投降。

我饿死了。
她指着我，仿佛我就是那个
害她挨饿的人。

好吧，我可以给你做点吃的。
你要什么？

我要玛丽。你到底是谁？
我要我的玛丽。

我是托菲。

她眯起眼睛看了我一眼，笑了，
霎时将饿得咕咕叫的肚子抛到了脑后。

有那么一瞬间，她显得很年轻，
脸上神采奕奕，身体富有弹性。

托菲！啊，我们该练习了！

练什么？我问。

你是在拿我寻开心呢。
不然就是你脑袋撞坏了。

玛拉起舞

玛拉

　　　尽情旋转，

　　　左右摇摆，

在快节奏面前毫无惧色，

也不怕自己可能会绊倒，

一头撞在石质壁炉台上。

快来，托菲，跟上！

罗杰说我们得做好准备。

听说莫伊拉已经准备好了。

弗朗西丝也是。那些个小贱人。

动起来，托菲！

她拽着我的胳膊让我也一起，

臀部一左一右地扭动，

电唱机放出的音乐

在整个房间轰响。

当一曲终了，

唱臂上的磁针

自动从高速旋转的唱片上抬离，

她就再次从头跳起。

全套动作

迈右脚，
　　　　收右脚，
快，快，快，
　　　　慢，慢，
指向天空，快速旋转，
右脚
右脚
右脚
右，
朝观众眨眼，露齿一笑。

再来一轮，速度加快 ——
这次换左脚。
快，快，快，
　　　　慢，慢，

收左脚，屈膝立起，

左脚

左脚

左脚

左，

扭三下，一小跳。

《舞动奇迹》①

爸爸在周末工作，

　　　　把喝醉酒的人从酒吧往夜总会送，

　　　　要是那些人在他车上呕吐，

　　　　就收取额外的费用。

这意味着客厅一下空了出来，

　　　　电视机也是。

于是凯莉-安妮和我会点份比萨，

一起看《舞动奇迹》，

打电话为我们最喜爱的舞蹈投票，

再去网上回看

最精彩的片段。

有一回我俩假模假样地跳起了探戈，

　　　　身子紧贴在一起，

　　　　手臂向前展开，

　　　　　　从房间一头

---

① 英国的一档电视综艺节目。节目中，演艺圈、体育界的明星与职业舞者配对，然后比拼舞艺。

昂首阔步舞到另一头，

再一路舞回来。

爸爸那晚很早就收工了。

在我们发现他之前，

他已站在餐柜旁

观赏了许久，

正举着手机给我们录像。

哎呀，别因为我而停下。他说。

可我们还是停了下来。

我们将紧贴在一起的身子分开，

为我们的友谊，

也为我们的快活感到羞愧。

我们只是在胡闹。凯莉－安妮说。

爸爸捏捏自己的鼻头。

有时间胡闹，感觉一定很好。

我关掉电视，去厨房给爸爸做晚饭。

他跟了进来。

有人在我车上吐了。

你得去清理一下。

我点点头，把橡胶手套找了出来。

凯莉–安妮和我从此再也没有跳过舞。

搜寻

确信玛拉睡着后，

我就开始四下搜寻托菲的信息，

在抽屉、橱柜里翻找，

把鞋盒内收藏的东西倒在腿上，

仔细查看每一张黑白照片和每一份剪报，

希望能发现一些线索。

在昏暗的灯光中，

我在过往的碎片里搜寻，

试图以某种方式重新拼出托菲的形象，

把自己变作昔日的那个女孩。

我找到的却是玛拉——

戴着帽子，穿着饰有褶边的衣裙，

拢起的头发宛若蓬松的海绵蛋糕。

照片里的玛拉有两条又细又长的腿，

眼神明亮，

嘴角紧紧抿着，

仿佛

当快门

　　　　"咔嚓"响起时

　　正在努力憋笑。

不过随后，一张照片让我

　　停了下来，

凝视着照片里的往昔：

　　　玛拉挽着另一个女孩的胳膊，

　　　两人都穿着迷你裙，

　　　两人都长发及腰。

　　　这个女孩，

　　　一定就是托菲。

　　　　这个女孩——

　　　　她就是我。

托菲

她的脸上有一块好似顽渍的疤痕。
她的双眼注视着镜头，
在
乞求
乞求
乞求
被什么人，
　　　　被任何人，
　　　　　　被一个生在未来的女孩
　　　　看见。

伤疤

托菲的疤痕

　　　　是与生俱来、注定伴其一生的吗？

　　　　她在照镜子时

　　　　已经学会对它视而不见了吗？

抑或，与我相似，

　　　　是什么人给了她那块伤疤吗？

　　　　用一记重击，

　　　　使她姣好的面容变得丑陋。

当托菲望着自己的时候，

　　　　她见到的是那块伤疤，

　　　　是一个女孩，

　　　　还是那个伤害她的人？

出 去

出 ——去 ——！她尖声叫道。

我正在洗碗。
我在牛仔裤上揩干湿淋淋的手。
出什么事了，玛拉？

屋里很安静，
只有排气扇
在灶台上方
"呼呼"转动。

她指着门的方向，
　　　像疯狗般冲我咆哮。
出去！出去！出去！出去！

这是我第一次
对她感到害怕，
怕她会干出什么事来。
马上就走。

出 —— 去 ——！

马上就走。

出 —— 去 ——！
出 —— 去 ——！

我从她身边挤过去，
飞起一脚，
将一把椅子踢翻在地。
尽情享受孤独吧。我小声嘀咕道。

你说什么？她忿忿地问。

你这里可不像每天都有很多访客的样子，
　　　不是吗？
我的嗓门比我预期的还要大，
　　　我永远不敢用这样的音量跟爸爸说话。
但此时提高音量毫无意义，因为她其实

身不由己。

你是谁？她是真的感到惶惑。
她只是一个想在闯入家中的
陌生人面前保护自己的
老太太。

我不知道。我告诉她。

出 —— 去 ——！她吼道，
出 —— 去 ——！

虚 构

路上我拐进一家熟食店，

点了一份煎鳕鱼。

一群女孩

　　　你推我搡、

　　　叽叽喳喳地

走进店里。

真不敢相信他居然回复了。一个说。

我就知道。真是蠢到家了。另一个说。

　　　又是一阵推搡、尖叫。

你吃馅饼吗？一个问。

跟你合吃一块行吗？另一个问。

我付完钱，正坐在一个靠窗的位子上吃着，

露西牵着狗走了进来。

那些女孩把她叫了过去。

　　　尼克好粗鲁！

　　　可她倒挺受用。

　　　露西，你周日去凯特家吗？

凯特是个小贱人。露西说。

没错。女孩们一同应道。

露西发现了我。什么也没说。走到收银台前。

如果不想收到短信，

打电话时要隐藏手机号码。

她提醒那些女孩，然后点了一袋炸薯条。

尼克是个十足的跟踪狂。

凯特很快就要被甩了。

大家纷纷表示同意。

我把一半食物剩在餐盘里，穿上外套。

快走到街角时，露西追了上来。

你没必要离开的。她说。

我已经吃好了。我告诉她。

不，我是说那天离开海滩小屋。

我们本可以……

怎么说呢……

你跑掉前，

本可以告诉我你叫什么名字。

这有点古怪，对吧？

但也许你就是挺古怪的。

事实上大多数人都不怎么正常。

我也一样，不过是积极意义上的那种。

就是说，怪异程度没有超出合理的范围。

所以，你叫什么名字？

我眨巴着眼睛思索起来。

我的名字？

我是艾莉森，还是托菲？

跟露西待在一起的这个女孩

该是谁呢？

我可以借用某个历史人物的名字——

　　　　　某个未经许可

　　　　便擅自成就了自己的女人。

我可以是可可·香奈儿或罗莎·帕克斯[1]，

也可以是我的母亲——

达维娜·丹尼尔斯。

但这些人都已经死了，

而我通常更愿意活着。

我试图想象一个活生生的女人，

一个强大的女人。

可我脑中一片空白，

只充斥着人们溃逃

或是挣扎着留在原地的画面。

朱丽叶[2]。我告诉她，

选中了一个虚构的人物——

她死了，因为她的父亲是个混蛋。

拉布拉多已经超到前面，

---

[1] 罗莎·帕克斯（Rosa Parks，1913—2005），美国黑人民权运动先驱。

[2] 莎士比亚悲剧《罗密欧与朱丽叶》里的女主人公。下文提到的《麦克白》是莎士比亚的另一部悲剧。

通过扯紧的狗链拽动露西的胳膊。

露西没有抵抗。

        很快她就将我远远地甩在了身后。

        朱丽叶！她冲我喊，

        就像《麦克白》里的那个？

我笑了，

        尽管我不确定她是否在开玩笑。

研 究

我找出一本薄薄的小书，
　　　　走到一个角落
　　　　蜷身读了起来，
对从图书馆另一头传来的儿歌
和婴儿啼哭声充耳不闻。

还没读到一半，我就相当确信
玛拉患的是痴呆症。

所以我需要保持冷静，
需要微笑着给她解释各种事情，
与她说话时要记得叫她的名字，
还要
　　　　不时停下来，
　　　　全神贯注地留意她的反应。

倘若我想暂时
安顿下来，
　　　　就需要了解这种疾病——

　　　　　了解她。

尽管脑海中某个部分意识到

我留下来帮助玛拉，

只是为了帮助自己，

仅仅是替艾莉森

一人

着想而已。

停车场里，一辆路虎

正在毫无章法地尝试，

企图挤进一个过于狭小的车位。

　　　我把书留在窗台上，

　　　离开了图书馆。

好丫头

小时候，我不知道
家里发生的事是个
　　　　秘密。

我不知道我不该
告诉老师们我的处境。
相反，我泄了密，
结果一个衣着宽松、
浑身沾满猫毛的社工
就来到了我家里。

她查看了我的卧室。
　　　　爸爸已替我换过床单，
　　　　还给地毯吸了尘。
她看到房屋整洁，
冰箱塞得满满当当，
我身上也没有瘀青。

她柔声细语地

跟爸爸谈了话，
对结果感到满意：
我所谓的"大吼大叫"
实属正常，
　　动手打人的确欠考虑，
　　但爸爸已经知晓规则，
　　所以不会再犯。

管好你的嘴。她走后，
爸爸用手指死死捏住我的两片嘴唇，
对我说道。

好的，爸爸。

好丫头。他说，然后笑了。
我喜欢他这样，
　　喜欢他因为我
　　而露出笑容。

多久

学校还要拖多久才会
向爸爸追问我的缺席？
倘若他坐立不安、支支吾吾，
　　　说他不清楚我的下落，
他们会不会报警？

爸爸将如何向别人证明
我是自己离开的，
而不是
被埋在了花园里？

或许此刻他正穿街走巷，
试图找到我，
逮住我，
带回我。

我不想让他发现我在这里，
但希望他为此努力——
　　　为失去我

感到悲伤。

然而……

有时我不免会想，

　　　　要是

　　　　他真把我埋在花园里就好了。

一切都会变得更容易。

再过多久

凯莉－安妮曾尝试多少次联系我？
她还会再尝试多少次？

我让她担心，
而她已有够多的事情需要劳神。
那么，再过多久，她就会放弃呢？

再过多久，凯莉－安妮就会抽身而退，
卸下她在我生命中扮演的一切角色？

再过多久，她就会彻底忘记我？

再过多久，我才会不再需要她？

透明

每拉开一个抽屉她都发出一声咕哝。
每打开一个橱柜她都抓狂尖叫。
　　　　每把椅子都被猛地推开,
每扇柜门都被手肘一顶,"砰"地关上。
要我帮忙吗?我问。

茶包在哪儿?她嚷道。

我走到厨房的台面前,
　　　　打开一只
　　　　侧壁绘有黑莓的瓷罐,
　　　　将她一直在找的东西提起来给她看。

没道理啊。
那是水果。
里面装的也该是水果才对。

她说得没错。
咖啡罐的侧壁画着醋栗,

糖罐上画着香梨。

没道理啊。她又重复了一遍。

我在水槽上方找到几只平底玻璃杯，
将茶、咖啡和糖
分别装进其中的三只，
把它们摆在操作台上。
这下你就知道它们在哪儿了。

玛拉的脸上
露出一抹细微的笑意。
真有你的。那么去烧水吧。

我 没 意 见

我没衣服穿了，于是
在玛拉的衣橱里翻找，
想找些不算太过时的换上。

我穿着她的米色衬衫
和芥末色的羊毛开衫，
走到楼下等着看她的反应 ——
对我一通指责，或者至少
冲我大笑。

她上上下下地打量了我一番，
得意地笑了。
行，我没意见。她只说了这个。
　　我没意见。

计算错误

露西蹲在她家那间
被刷成紫红色的海滩小屋旁，
正用一支粉笔在混凝土地面上
胡乱涂写着什么。

她的狗从屋内跃到我跟前，
"哧溜哧溜"地舔着我的膝盖。

露西站起身。
她的嘴唇很干，
下唇上一道竖着的口子里微微渗出鲜血。
你回来了。
她指指地面——
一堆潦草的数字和字母
        被她踩在脚下。
这东西叫"代数"，
又称"十足的胡扯淡"。
得解差不多四百个方程
才能把它搞定。

可你没法把这个交上去。

她找出手机，"咔咔"拍了几张照片。

说真的，我相信一切皆非永恒。
我对哲学挺感兴趣。

挺好的。
我低头看着一个解错了的方程式，
不知该不该擦去她的笔迹，
把错误纠正过来。

我在鬼扯。
我只是喜欢惹我的数学老师生气。
他是个混蛋。还跟副校长有一腿。

我用运动鞋鞋头的橡胶蹭着她潦草的字迹。
她的狗嗅着我的脚。

我还有一堆历史作业要写。

可我打算晚点写，

像个正常人一样写在电脑里。

她顿了顿。

你的脸看上去很痛。

     我没事。

     我把头发

     拨到脸颊上，

     以挡住那个伤疤。

你想不想去个地方？

我紧紧攥住口袋里的硬币，

那是我最后的四英镑。

好啊，如果步行就能到的话。

没问题。我知道一个适合接吻的好地方。

我惊愕地瞪着她。

是个玩笑。放松点儿。

是个玩笑。

一个适合接吻的好地方

倘若你有人可以亲吻的话，
　　　　那灯塔倒真是个完美的地方：
红白斜纹的塔身
楔入陡峭的岩石，
　　　　浪涛咆哮着拍击崖壁，
后者以坚硬和沉默作为回应，
浪头旋即从高处坠落，返身退去。

洛莉可喜欢来这里了。
露西把狗毛揉得乱蓬蓬的，
她的手臂上已经起了鸡皮疙瘩。

天空阴云密布，
　　　　发出隆隆的声响，
　　　　仿佛在同自己吵架。
这天气简直能把人生吞活剥了。
我感叹道。
一只海鸥高声鸣叫着
　　　　缓缓飞向海面。

我希望海水能将我覆盖，

拥我入怀，

带着我坠入深海，

直到一切都归于尘埃。

　　　直到时间将原来的世界掩埋。

我男朋友跟我分手了，露西冷不丁开口道，

跟我最要好的朋友凯特跑了。

我早就料到了。我在他的外套口袋里发现了

她的公交月票。贱人。

啊，真遗憾。你想他吗？

她大笑起来。

才不。

他长得像白鼬似的。

我难过的是失去朋友。

她盯着自己的手

沉默了片刻，大喊一声：洛莉！

不出几秒钟，狗已经回到我们身边——

浑身湿漉漉的，"呼哧呼哧"地喘着气。

你臭死了。她重新给它拴上狗链。

你跟你男朋友也是这么说话的吗？我问，

因为如果是这样，那他跟别人跑掉

或许是个明智的决定。

她斜睨了我一眼，

我立马意识到她不是索菲或雅克，

不像她俩那样

开得起各种尺度的玩笑。

我得走了。她站起身。

放学后

我经常会来海滩小屋，

你想来的话可以来。

你没有地方可去吧？她问。

潮水正在上涨。

我是塞壬①，我说，要去淹死那些水手。

我在灯塔附近坐了很久，

　　　　任由海浪将我打湿浸透。

　　　　我很冷。

　　　　我孤身一人。

　　　　没人亲吻我。

---

① 希腊神话中半人半鸟或半人半鱼的女海妖，会以美妙的歌声诱使水手将船驶向礁石或危险水域，使他们沉船而死。

不被亲吻的我

我从没被亲吻过。

    嘴唇没有，

    脸颊没有，

    额头也没有。

        至少记忆中是这样。

小时候，我要是表现好，

    爸爸便会拍拍我，但从未

        给过我哪怕匆匆一吻。

而当凯莉－安妮

出现在我的生活里时，

我已经是个大孩子了，不再适合与她

        嘴对嘴地亲吻，

只能从她那里收获击掌

和偶尔的搂抱。

我从没被亲吻过。

血

油地毡上有几大块红色的污渍。

门板上印着模糊的指纹。

玛拉？

她倒在门厅里，

一只手捂着鼻子，

脸上沾着黏糊糊的血。

厨房的碗柜往我身上扑。她说，

我觉得是促狭鬼①在捣乱。

我需要叫辆救护车。

我的心突突直跳。

我该如何向急救人员解释我是谁

以及我怎么会发现她？

他们会不会以为我对她做了什么可怕的事情？

玛拉不会记得发生了什么。

让我看看。

---

① 爱尔兰民间传说中的一种幽灵，会进屋搬动家具、乱摔东西，甚至攻击屋子里的人。

我摸摸她的头，检查了一下是否有肿块。

她的头发与干涸的血迹缠结在一起。

你站得起来吗？

我感觉不妙。

我可能需要看医生。

我把她扶到椅子上坐下。

我去给你放洗澡水。我说。

洗澡可以分散她的注意力。

如履薄冰

玛拉警觉起来，

不时瞥我一眼，

仿佛是在等我先开口。

我沉默不语，

不想激怒她，

也不想让她感到惶惑，

更不想又被她轰出去。

逃离往日那种如履薄冰的生活后，

我又步入了另一段如履薄冰的生活。

不过有一个区别。

玛拉不曾伤害过我。

太阳出来后

我准备了一托盘食物，
把它们端进了花园。
玛拉和我穿着外套坐在后院里，
小口地嚼着圆面包，啜饮着柠檬水。
这里长了好多杂草。她说，
妈妈通常都把她的花园打理得特别好。

咱们也来清理一下吧。我提议道。

玛拉把杯子举到唇边。
咱们可以种任何想种的东西。
咱们去买些向日葵种子吧！
或者咱们可以种蔬菜。
卷心菜怎么样？

爸爸若是听闻，肯定不会赞成。

他会觉得

　　　　自己动手种菜

　　　　根本就是

　　　　瞎胡闹。

行。那咱们就试试种卷心菜。我说。

清 理

玛拉戴上一顶阔边遮阳帽和一副过大的园艺手套，

从露台上的杂草开始除起，

但她没法长时间弯腰，

每隔一会儿就得进屋喝水休息。

我用玛拉的旧睡袍把自己裹严实，也忙活起来：

　　　　捡起草间的碎玻璃片，

　　　　还有散落在了无生机的花坛里的石块。

即便在几个小时之后，

我仍然看不出有什么进展，

玛拉的脸上却挂着笑容。

　　　　这个花园很美，不是吗？真的很美。

我不确定她是否记得花园从前的模样，

但她似乎很清楚它当下的模样，

并对此感到满意。

这，

是最重要的。

剩菜

佩姬每回都把晚饭吃的食物
用锡箔纸包好，装在一次性纸盒里。

通常，
玛拉会一路晃进厨房，
直接就着纸盒开吃。

但今晚她忘了例行的程序，
于是我把食物

          放在一只托盘里，

          配上一杯

          兑了点水的橙汁

          端到她面前。

玛拉没有询问
食物的来历，
只在吃完后把托盘递还给我，
    仿佛我是位服务生，
一直在近旁等着为她效劳似的。
谢谢你。

她没吃多少，

　　　剩在餐盘里的土豆看起来十分可口，

　　　倘若倒掉简直是种罪过。

于是我吃掉了她的剩菜。

仁慈

我做了煮土豆配金枪鱼和甜玉米。
爸爸嫌弃地翕动了一下鼻翼，
仿佛我是把脏内裤
堆在了餐盘里。
你连这么简单的事都做不好吗？他说。

我尽力了。我回敬了一句。

听到这话，他扬起一只手，
旋即又改变了主意。
　　知道吗，
　　艾莉，
　　你真的让人很难喜欢你。

有时，他也可以是很仁慈的。

讨喜

假如人们可以像学钢琴

或是学习动词变位那样

学着变得讨喜，

那我的成绩单上恐怕会写着：

必须再加把劲儿。

收拾

我去上厕所的时候，

爸爸开始收拾碗碟，

他已经把冷掉的土豆倒进垃圾箱，

眼下正在把平底锅刷洗干净。

这些我可以做的。我说。

他笑着说：

不，轮到我了。

对了，晚饭做得不错。

我就是这臭脾气。

我没有答话，

开始起劲儿地把盘子擦干，

边擦边问自己，如果他的情绪好转

是否意味着，我终究还算是个讨喜的人。

卷 烟

我烧水的时候，露西一边卷着烟卷，
一边给我讲她的前男友
是如何拿下某个祛痘产品的电视广告的。
这下我说什么都不会跟他复合了。
真的好恶心！
凯特要是想跟他好，就请便吧。
她放声大笑起来。我一边跟着笑，
一边把牛奶倒进冒着热气的茶杯。

我笑，
　　　　不是因为听出了什么笑点，
而是因为
我想显得合群。

　　　　　　　　我必须再加把劲儿。

结痂

烫伤处开始发痒。
伤口正在结痂。
我不断用手去抠
那块硬壳易碎的
边缘，
直至感到一阵刺痛。

许可

玛拉穿着雨衣

坐在楼梯上，

雨帽向上拉到头顶，

　　　嘴角向下耷拉着。

怎么了？我问。

他们不许我出门。

你说我这是在坐牢还是怎么的？

那张告示是谁贴的？

我觉得自己就跟奥斯卡·王尔德[1]似的，

只不过缺顶帽子，

　　　　　　或是天赋。

我不知道。我说，

暗自庆幸门上有那张告示，

而玛拉也晓得要待在家里。

---

[1] 奥斯卡·王尔德（Oscar Wilde，1854—1900），爱尔兰剧作家、诗人，英国唯美主义运动的代表人物。他在日常生活中践行自己的美学主张，衣着极为讲究，经常头戴一顶昂贵的绅士毡帽。他曾因一段同性恋情被告上法庭，入狱服过两年劳役。

咱们去街角的小店买些糖果怎么样？

我提议道，

把玛拉的手提包递给她。

她冲着前门得意一笑，

指着门上那张用A4纸打印的告示：

我要把那东西撕下来。

重要提示：不要独自出门。

需要什么，就给佩姬打电话。

我们离开了那座房子，

将那张告示撇在身后。

马栗 ①

玛拉停步，俯身，

从小径上拾起一颗栗子。

我好爱这种手感。

可这个时节转瞬即逝，

  挺遗憾的，不是吗？

才一眨眼的工夫，

栗子的外壳已经起皱，

然后感觉就彻底不对了——

跟人一样，我觉得。

  她把自己的收获装进衣兜。

我弯下腰，

  用手指拢住

  一颗边缘平滑的马栗，

然后又一颗，再一颗，

直到口袋全都变得鼓鼓囊囊。

"我也喜欢它们。"我坦承道，

---

① 欧洲常见行道树七叶树的果实，样子很像板栗，但不可食用。孩子们喜欢收集它，用它来做游戏。

可玛拉已把我甩在身后，

　　　　只身来到了路口。

　　　　　　我小跑着追上去，
在她踏上马路前把她拦住了。
发现我出现在身旁时，她显得很惊讶。
嘿，又见面了。她说，
像这样待在一起不是挺好的吗？

荨麻

马栗纷纷掉落，

砸向地面，抖去了它们那

    外硬

    内绒

    的果壳。

我请求凯莉－安妮陪我去公园走走，

这样我就能收集满满一袋马栗，

把它们带去学校

炫耀一番。

爸爸从沙发上站起身。*我也去透透气。*

凯莉－安妮笑逐颜开——

    那会儿，

他还没开始用特别糟糕的方式对待她，

听到这话的我大概也是高兴的。

爸爸从不陪我们去任何地方，

除非或多或少和他自己有关——

    去宏倍斯①买油漆涂料，

---

① Homebase，英国家居园艺零售品牌。

或是去中餐厅吃饭。

唐希尔斯公园里正飘着毛毛雨，

但天空依旧碧蓝，

衬得棕色叶片的栗树很容易就能被发现。

我一路飞跑。

我四下搜寻。

手里的袋子很快就被这些巧克力色的球状物填满，

但不知满足的我还想要更多，

更多，

更多，

于是我继续在野蔷薇丛下匍匐搜罗。

我没有看见那些荨麻，

没留意到那一层厚厚的植株，

也没察觉到手上、膝盖上和腿上的刺痛，

直到为时太晚，

直到身体表面已经沾满毒素。

我不停地抓挠，抓挠，

两只眼睛仍在不断锚定脱了壳的栗子，

双手却痛得无法将它们拾起。

唉，你这个小可怜。凯莉－安妮边说，

边用酸模叶①揉擦着我的手。

爸爸在咧嘴发笑。

连我都注意到了那些荨麻。

算了，反正你也该过了喜欢收集马栗的年龄了。

那年我十一岁。

十二岁那年，

　　　我已懒得

在九月来临时出门收集马栗。

到了十三岁，

但凡遇见谁在显摆捡来的马栗，

我都会指出这种行为是多么愚蠢和幼稚，

直到他们藏起自己的宝贝，

或是把它们统统扔掉。

_____

① 一种北欧阔叶野草，可用来揉擦被荨麻刺伤的皮肤，以缓解疼痛。

幼 稚

爸爸再三要求我

变成熟

变麻利

变文静

别再像个婴儿

别再哼哼唧唧

别再牢骚满腹

表现出我这个年龄该有的样子

表现得像个大人

停止伤春悲秋，

仿佛

身为孩子是一个严重的问题，

是一个我需要补救的错误。

卡罗尔和李

那时我还小。

爸爸认定自己爱上了

一个叫卡罗尔的女人，

邀请她带着儿子

  搬到我们家里来住。

于是卡罗尔和李

  与爸爸和我

一起住了几个月。

起初一切安好。

卡罗尔爱好烘焙。

李很安静。

后来卡罗尔不再烤面包，

开始冲着李大吼大叫，

直到泪水涌出他的眼眶才罢休。

他比我大 ——

  当时约莫八岁 ——

  他不愿我看见他眼泪汪汪的样子，

  于是就揍我，使我自顾不暇。

都怪你这个蠢货。他说，

她不想要女儿。

她不喜欢你。

我留心观察着卡罗尔。

不难发现，李是对的。

她从未在夜里替我盖过被子，

也从没帮我洗过校服。

她总是对我皱着眉头，

有时对爸爸也是如此，

直到有一天他们走了——

　　　　我是说卡罗尔和李。

爸爸和我则照常生活下去，

假装没有任何人缺席，

假装被抛下的我们依旧快乐。

失去

凯莉－安妮抛下我们的时候，情形却大不相同。

我们没法假装她从未存在过，

因为我们对她的感情是如此之深。

我以为爸爸不会变得更糟，然而他可以。

我知道，那是由于悲伤。

正如他一直没能对我妈妈的死释怀一样。

可所有人相继离去是我的错吗？

爸爸生活中的种种不如意是我造成的吗？

有时我会忘了

有时我会忘了，
我是被一个真实存在过的、
有着宽阔臂膀和温暖笑容的母亲
带到这个世界上来的。

有时我会觉得自己太过不堪入目，
无法相信有人会如此盼望我降临，
以至于愿意撕裂自己的身体，
就为了带给我呼吸与生命。

有时我会觉得我就是爸爸眼中的
那副样子：

　　　　沉寂的，

　　　　渺小的，

最好
干脆消失。

有时凯莉－安妮会告诉我这不是我的错。

她说：世事无常，艾莉。

但除此便不再多讲什么。

因为在家里我们从不谈论我的妈妈，

仿佛揭开往事

会使当下的生活

雪上加霜。

我们只能推开真相，

在滞重的沉默中艰难跋涉。

直到噪声打破这沉默。

那一刻总会到来。

那是一阵骤然临头的暴怒和辱骂，

是一个男人的独角戏——

散场后的一整个星期，

我都得把自己藏在高领毛衣里。

有时我会忘了，

我是被一个真实存在过的母亲

带到这个世界上来的。

她是那么爱我，还亲手为我织套头毛衣。

　　那是一件橘红色的衣服，

　　两只袖子宛若两根小小的胡萝卜。

但是她走得太早，没能把它织完。

　　我来到这个世界后，她就走了。

　　因为我来到了这个世界，所以她走了。

有时我还会忘了

有时我还会忘了爸爸是怎样一个人。

每当见到他，

每当他给我饭钱

或是对我的好成绩点头表示嘉许时，

我的嘴角都会情不自禁地上扬。

爸爸偶尔会在周日做烤鸡，

这时我便会忘了周六晚上发生的一切，

或者觉得那根本就不是他干的，

而是我的记忆出了差错。

有时我会紧紧攥住美好的事情不放，

因为

那些可怕的瞬间

看起来是那么不真实。

有时我会忘了爸爸是怎样一个人，

然后，我才能够爱他。

我不是立即害死母亲的

我出生几小时后她才离开人世。

妈妈把我包在医院的毯子里带回家，
我像紧裹在茧中的毛毛虫一般躺在她的臂弯里，
勉强拽住生命的丝线。
她把收到的婴儿连体衣统统拆开，
让我躺在一张崭新的婴儿床上睡觉。
她望着我，温柔地低语，
对自己的成就感到惊异。

我睡着了。
睡得很香。

可当我睁开眼睛时，
　　　　妈妈不见了。
尽管我　　　　　　像报丧女妖①般
　　　凄声尖叫，

---

① 爱尔兰民间传说中的角色，以哀号预示家中不久将有人死亡。

　　　　　她却再也没有回来。

当时她正躺在救护车里，

或是重新住进了医院的病房，

医生们正在全力阻止她

　　　　　　　　消逝。

爸爸请来一位邻居安抚号哭的我。

但当他第二天从圣巴特医院回来时，

面无血色，形单影只，

　　　身旁少了一位贤内助，

　　　肩头多了一个新生儿，

他决意把心中的痛苦

统统算在我头上。

他看着我，心想：

　　　都是因为你……

爸爸从未意识到，我需要的是她的

——而非他的——肌肤、气息和味道。

爸爸从未意识到，

我由内

　　　而外地

　　　　　爱着我的母亲，

这份爱在我尚未见过她的面庞时便已存在。

爸爸也不曾意识到，

　　　他自己或许还能再找到一位妻子，

　　而我却永远

　　　　　永远

　　不可能再有一个亲生母亲。

你是我女儿吗?

你是我女儿吗?
玛拉站在门厅里,
凝视着无名指上的结婚戒指。
有时我会忘事。她说,
我就是个蠢蛋。
我连今天是星期几都说不上来。
今天是星期五吗?

不,我说,是星期一。

你是怎么知道的?

唔……因为明天是星期二。

她翻了个白眼。
我打开浴室的灯。
对了,我不是你女儿。
我是托菲。
你需要什么吗?我问。

她缓缓地眨了眨眼，

揉了揉自己的屁股。

睡眠。我只需要美美地睡一觉。

现在是下午三点。

巨型奶嘴棒棒糖

露西在海滨小卖部给我俩各买了
一根红色的巨型奶嘴棒棒糖。
她拆开自己那根，舔着末端。
这根吃下去，你这个月的糖分
　　　　就要超标了。我说。

嘘，宝贝，别出声。
她一边坏笑，
　　　　　　　一边拆开我的，
把"奶嘴"
整个儿塞进我嘴里，
堵得我完全透不过气来。

你有男朋友吗？露西问。

我摇头表示没有。

嗯，我猜也是。
你一看就是个处女。

我把"奶嘴"含在口中，
远远超出了必要的时间。

这成功阻拦了我说出不该说的话——
告诉露西
我能通过哪些细节
把她也看个透。

尖 叫

玛拉一边尖叫，一边用一支紫色口红
在浴室的镜面上拼命涂抹，画出
一堆线条和乱七八糟的图案。
不！不！不是我。那是谁？不——！
不！走开！走——开——！

我用双臂搂住玛拉，

        硬把她带到楼梯过道上。

出什么事了？

她浑身哆嗦，
两只手在发颤。
那里面有个人。
那里面有个人但不是我。
一个老太婆。
不是我。
走开！
不。
天哪。

打电话告诉妈妈。

这里除了我没有其他人，玛拉。
我从她手中拿过那支口红，
不知何故，
在自己的嘴唇上方画了两撇粗粗的小胡子。
是可颂[①]夫人吗？

她的呼吸平缓下来。我放开手。
你真是个傻帽。

而且还为此自豪。我对她说，
一面用指尖把两撇小胡子抹掉。

那里面是谁？她小声问，
那个女人是谁？
我们得离开这里。
她看起来好可怕。

_____
① 一种升级版牛角面包。

她已经走了。我说，

咱们开始跳舞吧？

罗杰要我们多加练习。

咱们可得好好表现。

我可不想输给莫伊拉。

小贱人。

我是说莫伊拉。

不是你。

你超有派头的。

薯仔舞 [①]

我们起身开跳。

玛拉活力满满，

       左右滑步，

流畅地跨出单脚

又收回，

举起手臂

       又放下，

扭动着，旋转着，

笑得如此灿烂，

我甚至能望见她口腔深处

缺了几颗牙的地方。

我学着她的动作，

伴着迪迪·夏普 [②] 的

《薯仔舞时间》起舞，

同时也模仿着她的笑容，

希望我们真的是在为某件事而排练。

希望我的人生能有一个目标。

---

① 1962年在年轻人中风靡一时的舞种。
② 迪迪·夏普（Dee-Dee Sharp, 1945—　），美国R&B歌手。

"砰"

休息时间，我正在上厕所，
忽然听到前门被"砰"地摔上，
随后，门厅里就响起了
沉重的脚步声。
妈？我是多纳尔。
你在哪里？
喂，妈！

呆若木鸡

多纳尔像校长训斥不听话的学生般

厉声责备着玛拉，

在一句句指责的间歇，

  他还会叹口气，

仿佛这场谈话本身就是一件

极为累人的事情。

我知道你喜欢奶酪，妈，

但你不能把它放在DVD播放器里。

这又是什么？

他的声音好似树篱修剪机，

响亮、尖利、危险，

能把人割伤。

  楼下厕所的门

  隔着门厅与客厅的门相对。

   我把门推开一道缝，

   窥探那边的情形。

多纳尔正挥舞着我们的羽毛围巾道具。

玛拉的面容如石块般僵硬。

我已经跟你说过一百遍，安稳点。
大家最怕的就是发生意外。
我希望你没有单独出去过。
他在客厅里踱来踱去，
四下寻找差错，

  不时抓起一件奇奇怪怪的东西
  举到玛拉眼前晃上几晃。

玛拉如玻璃雕像般定在那儿一动不动。

  我从没见过这样的玛拉。
  这是一个被迫逃遁到
    自己世界中的人。

      几乎只剩一副躯壳。

你在生闷气。他说，

一面用遥控器戳她的胳膊。

有什么好气的？

我说什么了我？

老天，又来了……

　　一段往事猛地蹿上我的心头。

　　我看着眼前这一幕，跟她一样呆若木鸡。

我累坏了。玛拉嘬嚅道，

这几天我睡得很晚。

你以为我就不累吗？

我工作了一整周，

这就是我受到的款待——

老妈一半时间都不记得我是谁，

家里乱得跟猪圈似的。

我们花钱请佩姬究竟是为了啥？

她今天是不是压根就没来？

算了，估计你也不记得。

我知道你是谁，多纳尔。
她用嘶哑的声音辩白道。

是吗？
好棒。

        这是奖励。
说完，他就开始用遥控器
敲她的胳膊。

当下与往昔迎头相撞。

        我轻轻关上门，
滑坐在地上，
用手捂住了耳朵。

本该

多纳尔离开时，天已经黑了。

玛拉静静地
待在客厅里。

对不起。我说，
我想制止他
那样对你，但——

谁？她问，
你想制止谁？

没等我提醒，
她就已经泪如雨下，
嘴里喃喃念叨着玛丽的名字，
重复了
一遍
一遍
又
 ·遍。

两小时后

她朝我这边看过来。

你是玛丽的朋友吗?

不,玛拉。我是你的朋友。

计划

不知何时会有人来玛拉家，
这让我难以应对：
我不得不尽可能多地待在外面，
听见门铃声就"噌"地一跃而起。

我找到她的手机，
点开日历，
翻看每一条提醒。
  软件里标记着佩姬每天都会来，
  多纳尔的名字出现在每周一次的条目下，
  哪儿都没有提到玛丽。
除此还有其他一些内容，
比方说提醒吃药，
提醒几时会有医生上门，
提醒某天是某人的生日
或法定假日。

这对她有帮助，我知道。
我亲眼见过她在提示音响起时查看手机，

并从那些实实在在的字词中收获了平静。

于是我又添了一条：

　　"托菲"——

我输入了这个名字，

　　　　选择了重复提醒。

仅此而已。

但应该已经足够。

妆容

玛拉有几只老式粉盒，
还有一些古铜色胭脂。
我用它们把自己弄得
像是晒多了日光浴似的——
　　　肤色成了离谱的杏黄。

我的模样很可笑。

但我在意的是，
我看上去是否仍旧像个脸上带痂的处女？

家庭作业

露西给了污迹斑斑的练习册一记猛捶。

数学真是浪费我的生命。她哀叹道，

随手把铅笔扔到一边。

你看上去很聪明，我猜得没错吧？

来，帮帮我。

她把书本一股脑儿地从海滩桌另一头

推到我跟前。

我前男友对这破玩意儿挺在行。

我才不愿费这个神呢。

我细看了一下那些算术题：

没什么难度。

我五分钟就能把那页搞定，

然后我们就能去灯塔那边，

挑个可以溅到浪花的地方仰面躺下。

要不我教你怎么做？

别。你做就行了。我没必要弄懂。

她点燃一根烟卷，抽了起来。

几分钟后，我把练习册推还给她。

这就做完了？怎么做到的？

我也不知道。挺容易的。

露西往椅背上一靠，用手指轻叩着下巴。
你在哪儿上学？

哪儿都没去，我在家受教育。

嗯，那就说得通了。

怎么说？

首先是你的衣服。
你穿得就像个家庭主妇。
不过在家受教育其实更好。
她的脸上露出满意的神色，
你想挣点钱吗？

代写

在我离开海滩小屋前，
露西已经安排好三份代写的活儿：

　　一个化学课题，

　　几道数学题，

　　一份申请大学用的个人陈述。

假如我接下这些活儿，就能拿到酬劳，
从此不必靠着在玛拉家顺手牵羊过活，
再也不用把手伸进她的钱包。

　　　　　　　露西自然也有分成。

他们为什么不自己写作业呢？
往远了看，这样可学不到任何东西。

露西的脸上写满了困惑。
你该不会是个班干部吧？

我想着因缺课而错过的一切，
想着出走前的我

原本我有机会申请大学。

可如今，我甚至都没法参加考试——

那是我无须多做准备

便能通过的考试。

我想我会穷困潦倒，

落得和凯莉‐安妮一样的下场，

靠着那些令我痛苦的男人悲惨度日。

露西把烟卷递到我跟前。

我摇摇头，没接，

伸手拿了几颗她的哈瑞宝软糖。

那些小熊很是甜蜜可爱。

你在隐瞒着什么。她说。

隐 瞒

我隐瞒了我的母亲、我的父亲，
还有我父亲的那些女朋友。

我隐瞒了我过去的家、现在的家，
我从前的朋友，以及玛拉。

我隐瞒了我的身体、我的淤青、
我的伤疤和我的烫痕。

我隐瞒了我的整个过去，
希望能将它遗忘。

我在向你隐瞒一切。

要是我也能对自己隐瞒这一切就好了。

我告诉露西

我什么都没隐瞒。

你怎么会这么想呢?

很烂

给海滩小屋上锁时，

露西忽然把手搭在我的肩膀上。

我知道你脸上有那个东西。

但你这妆化得很烂，跟小混混似的。

当然，我只是随口一说。

我点点头。我知道。

是的，我确实知道。

她用胳膊肘轻推了我一下，

眼里闪过一丝笑意，

仿佛我俩刚进行过

有史以来

最推心置腹的一场谈话。

聪明才智确实是你的长项。

正常人

在一所一千五百人的学校里，

聪明并不足以让我受到关注。

要想引人注目，首先你得长得好看，

然后你得有个性，最好还有一头顺滑的秀发。

若非

如此，

那你至少得是个有严重心理问题的人——

      事实上就连这种人也有一大把。

有一阵子，

      索菲、雅克和我自称

      "正常人"，

然而这仍是一种

      试图博取关注的方式。

借过，正常人来也。雅克会吼这么一嗓子，

从一大群十年级女生中间挤过去。

那些女生个个有着光滑的大长腿，

有着那种能吸引成年男性目光的身材。

低年级女生甚至对我们视若无睹，

尽管有时索菲

会一膀子把她们撞开，

以此彰显我们的存在感。

事实上，

　　　索菲和雅克的确挺正常。

在家里，她们会被自己的妈妈数落。

在学校，她们放学后会被老师留堂。

在公园，会有男孩请她们喝苹果酒。

她们允许自己被别人看见，

对沿途犯下的错误满不在乎。

就算没成，也能吸取教训。

　　　索菲法语考试没及格的那回，

雅克是这么说的，还与她击掌庆祝，

随后两人一同走进乐购便利店，

开始挑选价格优惠的餐食。

"正常人"对我的这两个朋友而言

　　　　是十分贴切的描述。

但这个标签却不怎么适合我 ——

　　　　成绩太好、秘密太多的我。

不过，她俩还是允许我随行一程。

直至最终分道扬镳。

最初的烫伤

雅克和索菲其实并没有选择权。

雅克问：为什么我们不能进去？

索菲说：你这样可真够专横的。

雅克说：我们是叫车过来的，艾尔。花了七镑呢。

索菲说：我觉得她根本不在乎我们做了什么。

我说：我现在有点忙。晚点给你们打电话行吗？

雅克问：你忙什么呢？

索菲说：大概和某个男人在一起吧。

雅克问：该不会是彼得吧？是吗？

索菲说：我敢说是。她可迷恋他了。

我说：请走远点。

雅克说：什么？

索菲说：你说什么？

我说：快点滚吧。

然后"砰"地关上了门。

爸爸正在屋里睡觉。

我走进浴室，

找了些烈酒来清洗被烟头烫伤的地方。

那只是手背上

小小的一块。

一个起水疱的小圆印而已。

比起他先前的所作所为，

这根本不算什么。

但凯莉–安妮走后，他确实变得更残忍了。

一种新花样始于那时。

那是最初的烫伤。

说来也怪

手背上的

小圆烫痕

并不比之前那周发生的事更糟心。

当时我咒骂了一句

狗屎!

结果他听见了,

于是将我一路拖进浴室,

让我用忍冬味洗手液

把嘴漱干净,

直到洗手液起泡,

弄得我满口都是

酸涩的白沫为止。

热面包

我想吃……玛拉迟疑了一下，
面包。

我站起身。
　　早些时候我买了坚果面包，
　　尽管当时面包还没完全冷却，
　　我仍请面包师切了片。

我要吃热的。她说。

现在应该已经凉了。

把它弄热。她恼了。
她抓挠着手臂上的皮肤。
用那个东西。我要它松松脆脆的。
把它放在烘焙的那个东西里。
不是烘焙。它已经烘焙好了。
烧烤。
算了，我自己就能搞定！

你简直就是个废物。

她试图站起来，可由于在沙发里

陷得太深，没能如愿一跃而起。

她抓过一只靠垫，

冲着它尖叫起来。

我任她发泄。

　　　等她停下后，

我问：

　　　你想说的是烤吐司吧，玛拉？

她拨弄着

靠垫一角的流苏。

我想吃烤吐司。

她叹了口气，

烤吐司，没错。谢谢了。

在世上的某个地方

玛拉的手机响了一下。
她先是一惊，看了眼屏幕，笑了。

那可能是一则提醒，
　　　　　　　也可能是一条信息，
总之，有人记得她的存在。

那种感觉一定很好。
知道　　　　　　　　在世上的
某个地方，
在另一个人的脑海中，有她。

由于丢了手机，我无从知晓
此刻是否有人正在想我，
爸爸和凯莉－安妮可曾
给我发来铺天盖地的绝望信息。

但那种感觉应该很好。

知道　　　　　　　在世上的

某个地方，

还有人记着我。

只 此 一 件

露西坐在海滩上，身边还有一个女孩。

　　这是我朋友明迪。

那女孩点点头，

　　只顾着呆望手机屏幕

　　咧嘴傻笑。

　　她俩身后站着另一个女孩，

　　胯下是一辆山地自行车，

　　　　唇间夹着一根软塌塌的香烟。

　　那个是简。

　　露西随手一指，

　　　　连身子都懒得转一下，

　　　　她有些复古。

她八成是指那根香烟，但我也不确定。

露西给了我十二英镑——

已经做完的代写活儿的酬劳，

外加两份新的数学作业。

你会把东西译成法语吗？简问。

她像烟龄不长的人那样

吸了一口烟——

匆匆一吸，

几乎不入肺的那种。

大多科目我都能做。

这话听来有些傲慢，

但我想说的只是：

学习是我唯一会做的事情。

只此一件，余下的尽是失败。

我爸真的好烦，

偏偏下周又有家长会。

简看着我被烫伤的地方说。

我拂弄了一下头发，以挡住那块疤痕。

我试了翻译软件，但根本没用。

我需要写篇文章描述一下我的家庭。

你可以瞎编。

好吧。

又有个学生需要写份

申请大学用的个人陈述。露西补充说，

我可以把要点列给你。

我刚要露出感激的笑容，

转念又改了主意：

大学申请得另外加钱。

上回那份费了我好多时间。

露西咧嘴一笑。那是自然。

我的意思是，

　　　时间就是金钱。

对吧？

性感

我坐在厨房的餐桌旁，为了挣钱埋头苦译。

有作业？玛拉问。

我还以为咱们已经放假了呢。

你在写什么？

老天，格温德琳嬷嬷真是一刻也不让咱们闲着。

她的目光越过我的肩头。

哦。法语。性感。

霍根先生比泰勒先生

更性感，

> *你不觉得吗？*

> *不觉得吗？嗯？*[①]

觉得！我说，

递给她几张文件纸，

> 让她也忙活起来。

这不是利用，真不是——

这对她的大脑有好处。

_____

① 斜体字部分，原文为法语。

谁都没发现

一个十五岁的女孩
五天前失踪了。
这件事上了电视。

　　那个女孩不是我。

她叫费伊·佩特森。
她的父母心急如焚。
她的妈妈声音嘶哑。
她的爸爸面色苍白。

　　那个女孩不是我。

费伊最后一次被人看见是在一家咖啡馆外，
穿着牛仔裤和连帽运动衫，
攥着手机，在等朋友。

　　那个女孩不是我。

费伊**失踪了**。

警方想帮忙找到她。

人人都在为她担心。

      可有谁在找我呢？

      跟她一样，

      我也失踪了。

然而，

      谁都没发现我不见了。

不给糖，就捣蛋

玛拉知道今天是万圣节，
执意要求我们俩
像小孩子那样
挨家挨户
沿街索要糖果。

"尴尬"这个词已不足以形容那场面——
　　　我俩涂着厚厚的眼影，
　　　全身上下
　　　唯一吓人的东西，
　　　就是一道
　　　垂挂至下巴的
　　　酷似血痕的唇线。

可我们仍要到了满满一篮
水果糖
巧克力
棒棒糖
口香糖。

当我们打道回府，

开始坐下来看新闻时——

那种丢脸的痛苦，

那些窃笑、注目礼和皱起的眉头，

不知怎的，似乎都没有白受。

无所谓

露西雇我写更多的家庭作业 ——

　　　　两篇小论文和一份实验报告。

　　　　我攥着钱，对她说：

我的手机丢了。

你知不知道有谁

想卖自己的旧手机？

她兴味索然地看向我。

唉，我还以为你不用手机

是因为你爸妈是嬉皮士①什么的呢。

我倒是有只旧苹果手机可以给你。

我会给你钱的。我说。

无所谓。她挥手打发我离开，

回头我找一下。

_____

① 嬉皮士运动的追随者，崇尚和平与自由，拒绝接受主流社会价值观与生活方式，标志性的打扮是长发配奇装异服。嬉皮士运动于20世纪60年代时在美国年轻人群体中兴起，后来流行于全世界。

烟火

轰响声和爆裂声冲击着耳膜。
黑暗被火药的烟尘填满。
玛拉躲在她的羽绒被底下,
宛若一只受惊的小猫。

谁会知道别人的脑海中
究竟隐藏着什么——
是被他们压抑
和掩埋的悲伤吗?

恐猫症

爸爸特别怕猫 ——
但凡见到，都会立即跳到我身后；
若是有流浪猫来我家花园里撒尿，
他便会狠命击打窗户。
当我和爸爸跟一只猫待在一起的时候，
我就不会感到害怕。

当我和爸爸跟一只猫待在一起的时候，
我就是安全的。

在凯莉－安妮到来之前

爸爸喜欢拿我炫耀，

吹嘘我有多么能干：

艾尔从六岁起就开始自己洗头了。

他会这样告诉他的那些女友，

仿佛这是一件值得大肆宣扬的荣耀，

而非他失职的证明。

那些女人会眨眼，耸肩，发笑，

直到爸爸把她们带上楼，

在房内弄出某种声响，

仿佛他正在伤害她们。

     我以为事情就是这样，

直至我意识到

     她们喜欢如此，

     喜欢他正在施加的那种伤害。

我便跑去外面玩，

仰躺着看天空。

有些女人会在我们家待上几天，

塔尼娅待了几个星期，

卡罗尔待了整整六个月，

但没人像凯莉－安妮那样待了这么久。

没有人

愿意忍受

爱他的同时需要承受的那种痛。

除了我。

失踪的女孩

费伊·佩特森在纽卡斯尔^①被找到了。

她还活着，

在比她年龄大的男友开的酒吧里当女招待。

媒体大肆报道失踪事件后，他主动给警察打了电话。

      我没有诱拐她。

      我不知道她是未成年人。

      我发誓。我发誓。我发誓。

谁都没料到这一出。

大家都怀疑她的父亲，

      因为他接受采访时缄默不语，

      因为他只是默默流泪。

那是一个胡子拉碴的男人，

衬衫实在过于贴身，

一副不大可信的样子。

      警方发现了血迹，

---

① 英格兰东北部城市。

正在她家屋后的花园里掘地三尺。

玛拉问：
所以说，那个女孩……
没死？

没，她在酒吧当侍者呢。
她离家出走了。

我的玛丽是不是也离家出走了？
她是不是也在酒吧打工？

说实话，我不知道。

玛拉沉默了好几分钟。
还有你。你为什么要离家出走呢？

离开的时机

红宝石戒指还未在门厅的玄关桌上凉透，
　　　　我就意识到
我应该和凯莉－安妮一起离开。
我应该连鞋带都不系，
就沿着唐戈拉路去追赶她。

我应该早点离开的。

连凯莉－安妮也待得太久。

但当自己支持的球队比分落后、
败北已成定局时，
人们仍会迟迟不愿离开球场。
即使遇上讨厌的影片，他们也会等到剧终，
而不是当机立断地走出放映厅，
要回自己的钱。

人们总是留下——
　　　　　忍受着无聊

和不幸。

我想，当留下的痛苦大到难以承受时，
人们就会选择离开。

因为"爱会伤人"并非真相。
并不总是如此。

爱并不总是伴随着伤害。

怀疑

我们坐在灯塔附近的岩石上，

不时有清凉的海水溅上脸庞。

露西问：

你是不是无家可归？

不是，我住在鲍伊尔路上。

棒极了。

所以我们应该去你家。

听上去她完全不相信我，

可我也不知道自己是怎么露的马脚。

莫非这就是玛拉每次开口时的感受？

仿佛世界在嗤声冷笑。

一只海鸥落在离我们几米开外的地方，

嘴里还叼着半个面包。

随时都能去。

要是你想，现在也行。

那只海鸥发出一声刺耳的尖叫。

我约了人。去不了。

她捡起一块石头朝那只海鸥扔去，

鸟都是白痴。

拖鞋

我擅自占用了玛拉的拖鞋。
她有四双
整齐地排在楼梯底下 ——
虽已破旧，却很干净。

于是我选了内侧有绒毛的
棕色的那双
当居家鞋，
用它替下了我的运动鞋。

在我自己家里，爸爸不喜欢
有拖鞋
或睡衣
或任何能让人联想到
"睡眠状态"的东西
大白天在他眼前晃悠。

他说这让人看起来像个无业游民。

玛拉指指我的脚。

那不是我的吗？

你是说毛茸茸的脚踝？

不，是我的。

不信你可以摸摸看。

我是说拖鞋。她说，

　　　　被我的玩笑话逗乐了。

哦，没错，那是你的。

好吧，希望你的脚是干净的。

倒不是说我上次穿它时脚也干净！

是谁把你的脸弄成这样的？

她问。

没人做过什么

我告诉她。

记忆

假如我能忘掉爸爸过去的所作所为，
　　我就可以回家。
我们可以像从未发生过
一切糟糕的事情一样继续生活。

我甚至无须原谅他。

可记忆
就像一头饥肠辘辘的猛兽，
死死
　　咬住
一切
　　不肯松口。

女巫

我养过一只宠物兔，玛拉说，
但我怎么也想不起它的名字。
要是我能记得它的名字就好了。
活脱脱一只雪白的绒球。

绒绒？我提示道。

你简直就是个女巫！她惊呼，
绒绒！对，绒绒，就叫绒绒。
我跟你说，你简直就是个女巫！

假如我真是个女巫，我要做的事情
可不止猜动物名字这么简单。
我要对整个世界施魔法，
还要对我自己施魔法。

行。可你想改变自己的什么呢？
你现在这样难道还不够好吗？

我一时语塞。

这恐怕是别人对我说过的

最最善意的话了。

我有那么一点在乎

代写工作的周转总是很快。

露西安排了越来越多的客户，

大家都对我的成品感到满意，

甚至有人问我能否凑出一本诗歌作品集。

那他们考试时怎么办呢？我问，

要是最后没及格，

现在做的一切又有什么意义？

露西"吧嗒吧嗒"地嚼着口香糖，

递给我十八英镑五十便士

　　　　外加历史作业的若干要点。

我可不怎么在乎他们的人生。难道你在乎？

在赛恩斯伯里^① 超市

我买了一根"士力架"、一根"邦蒂"、

一根"奇巧"和一根"特趣"^②，

买了配着果酱的酸奶和咸味黄油，

买了两份微波炉加热款速食通心粉、

一颗卷心莴苣和一条黑麦面包，

买了卷筒纸、月经棉条和肥皂。

我买了曾从玛拉那里窃取的一切

以及我眼下需要的一切——

　　　　或者说，如今的我买得起的一切。

---

① 赛恩斯伯里是比前面的乐购稍好一些的超市。
② 这是四个品牌的巧克力棒。

落单

房里一片漆黑。
后门是锁着的。

我从露台上的
小矮妖^①石像底下
取出备用钥匙，
把自己放进屋内，
怔怔地望了一会儿
厨房钟面上映出的
我模糊的身影。

有人吗？
      没人回答。

      我有些不知所措，
      寻思着玛拉会在哪里，
      身边是否有人，

① 爱尔兰民间传说中一个外形像小老头的精灵。据说它藏有一罐黄金，若被抓获并遭到威胁便会说出藏金地点。

是否发生了什么紧急情况。

我两步并一步地跑上楼梯，

冲进玛拉的卧室。

梳妆台上乱糟糟地放着一些

　　　小香水瓶，

都是我不知道的牌子，

里面的液体呈尿黄色，

散发着"滴露"^①的味道。

她还有爽身粉，

　　　像面粉似的，

　　　最上面搁着一个粉色的粉扑。

我嗅了嗅，发现这是玛拉身上的气味——

　　　被碾成粉末状的花瓣的气味。

一只黑色漆面的首饰盒里

装了些廉价的项链和手链，

———————————

① 一种消毒剂。

255

全部缠在一起，永远难解难分。

我的指尖轻轻划过一排戒指，

　　　　在一颗红宝石上停了下来。

我抬手攥住贴在我胸口的吊坠。

　　　　那是一只小小的银质圣杯，

　　　　是妈妈第一次领圣餐时得到的，

　　　　也是唯一一件爸爸愿意拿出来与我分享的

　　　　纪念物。

我回来了！玛拉喊道。

我走到楼梯过道上，刚要回应，

刚要对她的失踪表示愤慨，

忽然瞥见佩姬正使劲帮她扯下身上的外套。

随后两人低语了几句。

托菲？玛拉又喊了起来，我回来了。

我把背抵在印有立体花纹的墙纸上。

还赢了二十英镑呢。

　　佩姬说，
恐怕你要等明天再告诉托菲了。
今儿她好像不在。
我倒真挺想见见她。

她在的。玛拉说。

我脚下的地毯像是在喁喁低语，
周围的空气倏忽间变得凝滞。
我屏住呼吸，
祈祷佩姬千万别注意到我那件滑稽的
跟老妇人八竿子打不到一起的登山服。

也许她睡着了，玛拉猜测道，
懒鬼。

佩姬也喊了一声：托菲！
但一如既往，

这不过是一句附和、一种安抚。

我好想现身，

站在楼梯顶端大声宣布：

　　她没有疯，我真的存在。

　　看看我。此刻我就站在你眼前。

　　我是一个活生生的人。

可一个念头倏地闪过我的脑际——

或许

我并不是。

或许

我终究

　　只是玛拉凭空想象

　　出来的一个角色。

我摸了摸贴在肌肤上的圣杯吊坠。

也许我就像我的母亲——

对大多数人而言已经死去，

只是勉强

残存在

个别人的

记忆里。

长大

每年的三月七日——

妈妈的忌日，

我们都会花时间纪念她。

我们会去墓地，

　　　献上玫瑰，

向她讲述我们生活中的

美好片段——

　　　　　如果想得出来的话。

凯莉－安妮会主动回避。

倒不是说我们会把这事搞得有多隆重。

有一年，

当我们回到家中，

爸爸在自己的房间里翻找了一通，

然后拿着这个挂在链子上的

银质圣杯吊坠走下楼来。

这曾是她的。他说，

你已经长大，可以戴它了。

相信你会爱惜它的。

他把它握了一会儿才交给我。

谢谢。我说。

他耸耸肩。

嗯。就这么着吧。

反正我对这些宗教上的玩意儿

也不感兴趣。

赢家

佩姬前脚刚离开，

我就立马飞奔下楼。

玛拉把脑袋歪成一个角度，

正在看一本

拿倒了的杂志。

嘿。

她把手伸进裙子口袋，

掏出两张十英镑钞票。

我赢了宾果游戏①！她宣布道，

在椅子上得意地摇来晃去。

三个胖女人。

要不就是两个。

胖女人万岁！

我喜欢胖女人。

也喜欢胖男人。

只要是男人，我都喜欢。

---

① 一种类似于彩票的赌博游戏。在英国，人们玩宾果游戏时常用昵称来指代数字，如"胖女人"指数字"8"。

把钱攒起来。我提议道。

或者花在杜松子酒上。她狡黠地一笑，
卖酒的商店还开着呢。
我从车里看见灯还亮着。

自从领教过
索菲从她姑妈的餐柜里
偷来的那瓶"百加得"后，
我就再也没碰过酒。
我讨厌酒的味道，
但挺喜欢那种
半是存在、半是不存在的感觉。

我去拿咱俩的外套。我说。

杜松子酒兑奎宁水 ①

玛拉窃笑着开始调酒：
让杜松子酒呈细流状滑落，
再用奎宁水把杯子满上。

　　杯中的酒精饮料
　　"咝咝"地、欢快地冒着泡。

去看看有没有冰块，她说，
在那个……那个什么里……

　　　　冰柜。我替她讲出那个词，
　　　　　　然后就去找冰块。

我把冰块丢进玻璃杯。
伴着清脆的声响，
酒水回溅到我身上。

把杯口举到唇边时，

① 一种味道微苦的带气饮料，常与烈性酒（尤其是杜松子酒）掺在一起喝。

玛拉看起来和我一样紧张，

就像一个从未沾过一滴酒的人，

但她调酒时的动作

却颇有行家里手的风范——

　　　　那应该是手部的

　　　　肌肉记忆，如果她的脑袋一片混沌的话。

我们不乖哦。她说。

我灌了一大口酒。是的。

我们的确有点不乖。

她碰碰我的手。

妈妈要是发现，会脱下皮鞋抽我。

爸爸要是发现，会扒了我的皮。

不会有人发现的，玛拉。

　　　　我们一下下碰杯，

　　　　　　　　放开了痛饮起来。

单身女郎

玛拉和我咯咯傻笑着

紧紧抓住彼此，

摇摆着，旋转着。

收音机的小喇叭里，

碧昂斯正高声为我们伴唱。

现在像这样！像这样！我对玛拉说，

教她像单身女郎那般

将一只手举向高处，一圈圈地挥动。

玛拉重复着我的动作——

　　　　双臂高举，

　　　　两手叉腰，

　　　　朝前挥拳，

　　　　向后甩发。

太快了。

玛拉气喘吁吁地走到壁炉台前，

往她的杯子里又倒了些杜松子酒。

再给我示范一遍！

我笑得跪倒在地上。

她的碧昂斯简直弱爆了。

她本人却很美。

宿 醉

我在玛拉的药柜里
四处翻找着止痛片，
伴着阵阵头痛，
拿着一杯自来水，
怀着满腔的自我厌恶
以及
从此
再也
不喝酒的决心，
重新爬回到床上。

首 饰

简和露西都在那间海滩小屋里。

拒绝她们请喝的小瓶啤酒
似乎不大礼貌。结果——
不到晚上七点，
   我已经跌跌撞撞地

   走在回家的路上，

   整个人酩酊大醉，

   露西一边设法扶住我，

      一边把我

      当作拐棍。

   简掩嘴窃笑，

   笑话我们的"那点出息"，

   就好像她自己没有喝高似的。

来到玛拉家的后院门口时，
露西似乎有些诧异地说了句：
   是整栋的房子。

我后妈的妈妈……

　　　　我后妈的妈妈的。

我迟钝地眨巴着眼睛，

口齿不清地解释道。

　　　　露西问：

　　　　她有没有酒？

她有没有首饰？

我外婆可有钱了。简补充道。

等明天吧。我说，

　　　　我得先问一声。

露西往前一倾，一把抱住了我。

这一下子沉而僵硬，且来得毫无预兆。

　　　　我打了个嗝，扶住

　　　　　　　门柱，

以防身体

滑

向

地面。

周六来我家玩吧。

希望我爸妈到时不在。

我正好把手机给你。露西说。

  我没能撑到说出"谢谢你"。

  因为我想吐。

然后我真的吐了。

吐在了玛拉的草坪上。

  与此同时，

  露西踉跄着转身离开，

  她的朋友尾随她而去，

  两人的笑声在空气中回荡。

你有没有看见？

你有没有看见我的圆珠笔？
玛拉在椅子上焦躁地扭来扭去，
嘟嘟囔囔地抱怨着，
弄乱了膝上的靠垫和填字游戏，
　　　刚才它还在我手上呢。

我耷拉着脑袋瘫坐在那里，
又一次宿醉未醒，
但还是一跃而起，顶着天旋地转的脑袋
开始找那支圆珠笔：
　　　一会儿拎起杂志，
　　　　　一会儿在放钥匙和杂物的
　　　　　　　碗里翻找。
你在干吗呢？玛拉问。

找你的圆珠笔啊。

为什么?

你又没拿。

是你拿的吗?

遥控器在哪儿？

当爸爸问

　　　　遥控器在哪儿？

他的意思其实是：

　　　　把遥控器找出来。

或者，当他问

　　　　晚饭吃什么？

他的意思其实是：

　　　　我饿了。去给我弄点吃的。

爸爸的问题从来不是真正的询问——

　　　　它们是要求，

　　　　是评判，

　　　　是陷我于惶恐之中的武器。

爸爸的难题就是我的难题。

他的每个不满

　　我都得全力以赴

　　　　去化解。

白房子

是那座白房子。

露西是这么说的。

我以为她的意思是：

是

一座

白房子。

然而我错了。

露西家的房子，正如她所说，

是

那座

白房子

——整条街上唯一的一座。

那条街上总共只有三座房子，以颜色相区分：

一座白色的，一座黄色的，一座褐色的，

每座都安着玻璃屋顶，像海岸的守卫者一般

突兀地矗立在海面之上。

我按响门铃，仿佛那铃声是句咒语似的，
一个戴着园艺手套的女人抓着两只空葡萄酒瓶
出现在我身旁。
欸，你好。她说。
我还没来得及回应，
露西已经打开门，
把我拽进了屋子。

她的母亲跟着进了屋——
她的头发上喷了定型喷雾，
        面部肌肉一动不动。
你想吃什么吗，亲爱的？
        我可以让斯泰茜替你弄。
        我马上就要出门了。

我拿出一板牛奶巧克力
        递给露西的妈妈，
她翻来覆去地查看紫色的外包装，
仿佛这是个小测验。

谢谢您让我来做客。我说，

为用这么一样小东西当礼物

　　　暗自感到难为情。

哇，你想得太周到了。

真是个惊喜。

露西，你瞧见没？

上个月，这孩子竟把我的生日给忘了。

母亲节那天就更别提了！

真是位糊涂虫小姐。

我宁愿相信她是真忘了，而不是不在乎。

露西长叹一声，把我拖上了楼。

老天。不好意思啊。

本以为这个点

她已经在外面开会什么的了。

我没吭声，

拼命抑制住惊呼的冲动，

尽量不瞪大了眼睛盯着她的房间瞧，

　　　　瞧她房间里的宽屏电视，

　　　　宽屏电视旁的台式电脑，

　　　　台式电脑旁的笔记本电脑，

　　　　笔记本电脑旁的双门衣橱，

　　　　双门衣橱旁的双人床，

　　　　双人床旁的原声吉他，

　　　　原声吉他旁的架子鼓，

　　　　架子鼓旁的私人浴室。

你几乎有一个自己的独立套房。

露西无动于衷地扫视了一下整个房间。

这里臭烘烘的。

狗跟我一起住。

妈妈不肯让它安乐死。

咱们是先干活儿，还是先看剧？

露西递给我一篇小论文，

页边空白处有老师的红色批语。

昨天刚退回来。

需要修改。

你能帮帮忙吗?

我没料到还有活儿要干。

我耸耸肩。当然。

那天下午剩余的时间里,

我都坐在露西的书桌前,

一面俯瞰大海,

一面对着笔记本电脑码字。

她则懒洋洋地躺在床上

　　　看电影,

偶尔递给我

一块三明治或一片水果 ——

都是女管家送到房间里来的。

晚上六点,她爸爸回来了。

露西领我下楼去打声招呼。

虽然外面天气晴朗，

他却穿着防水衣和防水裤。

我出海去了。

这天气很适合出海。

我尽量装出饶有兴趣的样子，

其实根本不知道"出海"是什么意思——

　　　他坐的船是和脚踏船一样大，

　　　还是更像游艇？

　　　他是捕鱼去了吗？

　　　他是一位船长吗？

　　　我想起索菲和雅克，

　　　想象着要是她俩有机会见到这样的房子、

　　　结识这样的家庭，

　　　会说些什么，会脱口爆出多少个

　　　"真见鬼"和"我的天哪"。

　　　　　而且她俩肯定还会顺手牵羊。

欢迎你留下来吃晚饭。

露西的爸爸操着纯正的牛津口音[①]

向我发出邀请，

随后便离开了厨房。

厨房里，有个女人正在尽职尽责地切菜。

我得回去了。

或许玛拉不会察觉到时间的流逝

和我的失踪，

但我不想在这些人的注视下吃东西——

边吃还得边努力使自己的刀叉、餐巾和玻璃杯

都摆在正确的位置。

在门厅里，

露西把更多家庭作业递给我。

周二前要交给我。

知道吗，你最近速度变慢了。

咱们干这个显然不是为了我。

---

① 不掺杂方言口音的纯正英式英语发音。能说这样一口英语是受过良好教育的体现，往往意味着说话者来自中上层社会。

对了，给。这个你拿着。

　　她从裤子后兜里抽出一只苹果手机。

你确定吗？

就当是给你的预付款。她说，
不过你得解一下锁。

她身后的
玄关桌上，
放着我带来的那板"吉百利"。

我向前伸出一只手，
　　迅速将它揣回了外衣口袋。

玛拉的小排屋 ①

玛拉的房子肯定一度

　　　　被刷成白色，

但由于风吹日晒

和疏于照顾，

如今它看起来灰不溜秋的。

　　　　玛拉正坐在屋后的台阶上，

定睛看着一包香烟。

这是你的吗？她问。

我摇摇头。

那估计是玛丽的。

去找个打火机来。

或者可以用烤架。

我掏出那板巧克力。

要不吃这个吧？

全归我吗？

---

① 成排相连房子中的一栋。

你得分享。我数落道。

说得也是。
她用香烟跟我交换了巧克力，
边吃边大声赞叹，
不知道的人还以为她是在享用
五星级饭店的大餐呢。
你这个是牛奶巧克力，我喜欢。
黑巧的味道就跟退烧糖浆似的。

是啊。怎么会有人吃那东西？

为了充高雅呗。

吃个巧克力也能这么装？

什么事都能装。
那些装模作样的家伙就是这么把咱们看穿的——
通过留意咱们穿什么、买什么、吃什么，等等。

那些人两秒钟就能看出你不属于他们的圈子。
她说。

我想也是。
我记起露西仅仅
打量了一下我的鞋带
就看出我跟她不是一个世界的人。

玛拉吃得眉毛上都沾了巧克力。
我用拇指帮她把巧克力揩掉。
咱们吃夜宵吧?
说完,她抬头看了一眼天空。
但还没到睡觉时间。
那就不能叫"夜宵"了。

没错,我说,的确不能。

于是我们便像普通人那样
吃起了晚饭。

露西初见玛拉

玛拉跪在客厅的地毯上，

　　　　正将一本平装书的书页

一页页地撕扯下来。

我回来了。这是露西。我告诉她。

她头也不抬地说：

你不是佩姬。

然后她把书高高举起，

这是我的吗？

那人是谁？

这里的东西都是你的。我解释道，

希望她今天神志是清醒的。

这是露西。

我去泡茶好吗？

冲咖啡。她厉声说，

还要一个三明治。你买火腿了吗？

什么时候才能吃晚饭？

我已经从上周日饿到现在了。

你知道迈克尔·杰克逊死了吗？

电视上刚播。

我喜欢他那首关于杀手的歌。

是《颤栗》①。

《颤栗》。对，就是这首。

里面有各种僵尸。超赞的。

还有谁死了？我应该知道来着。

家里有火腿。我说。

露西跟着我走进厨房，

一屁股在桌边坐下。

她怎么了？

她径自从果盆里抓起一只苹果

---

① 玛拉把"thriller（颤栗）"记成了"killer（杀手）"。

啃了起来。

她记不住事情。我说，痴呆症。

老年人都是疯子！她大笑道。

我的心突然揪了一下。

我们踮着脚尖走上楼梯，
　　　避开了最后那级会嘎吱作响的台阶。
露西溜达到窗前。
所以，玛拉是你姨婆？

先前她根本没在听，
　　　不过我觉得
　　　　　当话题
　　　涉及玛拉时，
　　　这反倒不是一件坏事。

不，她是我准后妈的妈妈。我说，

　　　　重复了一遍先前的谎言，
告诉她我到的时候
发现凯莉 – 安妮已经离开 ——
把那个穿着足球衫的男人替换成玛拉，
总算有那么一回，对露西道出了些许真相。

有时我好想逃走。
我妈搞得我头都大了。
她抚弄着梳妆台上的一件陶瓷摆设 ——

　　　　一个手持竖琴的天使，
　　　　又把它倒过来看底部的标识，
　　　　仿佛真能看懂似的。

然后，她拉开最上面那只
　　　　塞着百衲被的抽屉，
胡乱翻了翻，
又把它关上了。

你在找什么？

没什么。说真的，我得走了。
我七点要上架子鼓课。

墙上的挂钟发出很响的滴答声。
现在是五点。

你不想喝杯咖啡吗？我这就去冲，
你可以跟玛拉聊会儿天。

简在等我呢。
我得走了。她重复了一遍，
　　　然后就真的离开了。

人们

他们究竟想要什么？

洗澡时间

艾莉森！凯莉－安妮喊道。

她人在浴室里，

身边是一缸冒着热气的泡沫。

我站在浴室门口，

   以为她会问我

   护发素在哪儿。

进来。她却说。

我待在原地，

   一脸冷漠和不屑。

     这是我的家。

     她不是我的妈妈。

而且我已经十岁了，

   无须他人提醒该在什么时候洗澡。

何况她才搬来同我们住了三天，

   对我呼来唤去实在为时过早。

你的头发脏兮兮的。

她不容置疑地说，

你不能这副样子去学校。

进来。

楼下的电视机开得很响，

爸爸正在看"今日球赛"——

热刺队在"足总杯"[①]上被淘汰出局后，

凯莉–安妮和我就都识相地躲开了。

我明天再洗。我扯了句谎，

重步走回房间，

"砰"地关上了门，

力度掌握得恰到好处——

既能向她表明谁才是老大，

又不至于惹恼爸爸。

她敲了敲门。

艾莉森，你需要洗个澡。

---

① 英格兰一年一度的足球盛会。赛事中，英格兰各级足球俱乐部会进行一对一的淘汰赛。

我的双手沾满了墨渍。

脚上的袜子已经穿了好几天。

  我怎么就没注意到呢？

为什么爸爸从来都不说什么？

  我闻了闻自己的腋窝。

一阵羞愧，宛若烂泥般黏滑的污垢，

  在我周身弥漫开来。

我哭了起来。

我不想洗澡！我吼道。

凯莉－安妮冲进我的房间，

一只手撑在臀部，

另一只手指着浴室的方向。

现在就去。她带着愠怒命令道。

我眯起眼睛，

恨不得朝她吐口唾沫。

但是我没有，而是洗了个澡。

　　　　　　　　　　　　洗得很舒服。

　　　　　　　　　　　　洗了很久。

洗完后，
　　　我面无表情地
任凯莉－安妮帮我把头发吹干理顺，
装作万分恼怒，
心里
却已在
默默盼望
爸爸突然死掉，
留下我和她相依为命
直到永远。

解锁

我给苹果手机解了锁，
买了一张芯片卡，这样我就又有手机号了——
　　一个新的手机号，
　　　使我得以真实地存在于这个世界上。

可我懒得登录任何一个应用软件。
我没有试着与过去的生活
建立联系。

至于原因，我也说不清。

抄表

他穿着一件白色T恤，

袖子向上撸到肩头，二头肌高高隆起，

蓝色牛仔裤低低地卡在臀部。

抄一下表就行了，二位。

他背对着我们，

在楼梯底下仔细查看，

嘴里吹着口哨，哼着小曲，

还不时清一清他的大烟嗓。

玛拉用手肘捅捅我，

　　　目不转睛地盯着那个可怜男人的屁股，

　　　仿佛这辈子从没见过大活人似的。

这诱惑我可顶不住。

她感叹道，嗓门实在是有点大，

害得我差点笑出声来，连忙用手捂住了嘴巴。

那个不满三十岁的男人转过身来，

举起一个

　　　精巧的电子设备。

298

好了，全部搞定。不打扰你们了。

他把两个大拇指往裤兜里一勾，
低头望向玛拉赤着的脚。

　　　她的脚指甲

　　　昨晚

　　　刚被我

　　　涂成蓝色——

　　　当时，我刚涂完自己的，

　　　她强烈要求我也替她涂上。

我自然不乐意

触碰一位老太太粗糙的脚掌，

可最终还是依了她。

那是一双瘦削的、轻似羽毛的脚掌——

　　　　握在手心，就像捧着一只小鸟。

不用急着走，玛拉说，

我去给你弄点喝的。

除非你愿意带我出去，请我喝一杯。

我爱喝果味鸡尾酒。

你呢？

咱们要不要来个速战速决？

别误会，我指的是酒！

抄表员抬手揉了揉半边浓眉。

我老婆恐怕会不高兴的。

玛拉悄悄挨近他，

    握住了他的手。

如果你不说，我也不会告诉她的。

风钻

那个抄表员名叫马丁。

他今年二十六岁，

和他的妻子还有刚出生的宝宝住在一起。

就这样，他留下来与我们待了一个小时，

而没有立刻回家，去面对

    没完没了的哭声——

      那还只是我老婆的哦。说完他笑了，

            但并非发自真心。

玛拉切了几片柠檬。

我找出三只玻璃杯。

我们穿着外套，在露台上喝着杜松子酒，

听着从很远的地方传来的刺耳的风钻声——

那机器正使劲把什么东西切成两半。

你保证不会告诉任何人？

    马丁问。

一个字都不会提。我保证道。

我也一样。玛拉说，

　　一面打量着马丁 ——

　　她的神情告诉我，

　　她已经完全忘了他是谁。

能先欠着你吗？

露西又递给我一叠家庭作业，
她看上去心不在焉。
一切都好吧？我问。

她扭头朝后望了望，
接着又望向另一侧，
然后弯下腰去
摸她的狗。
嗯，都好，就是忙。
我看着她清点欠我的钱——
前一批活儿尚未支付的报酬。
我只有五英镑五十便士。
余下的能先欠着你吗？
我肯定能还上的。

没事。你还给了我手机呢。
那只手机值多少钱？

对哦，手机。

那咱们应该就两清了。

搞不好你还倒欠我呢。

她咧嘴一笑，把钱塞回了口袋。

晚饭我打算点比萨，

给玛拉配好多火腿，

兴许再搭份甜品。

一点不错。我应道，装作满不在乎，

心里却想着露西的白房子，

想着她房间里的私人浴室，

还有她享用的晚餐。

你想去悬崖边散个步吗？我问。

我俩一直想这么做，

还开过许多关于跳崖的玩笑。

今天不行。

明天或许可以。

　　她冲着那堆活儿点点头。

你好聪明。

不酷，也不搞笑什么的。

但真的好聪明。

纸杯蛋糕

玛拉烤了几只覆着白色糖霜的纸杯蛋糕，

已经全在冷却架上摆好，

就差一壶茶，

还有一个伴儿。

好香啊！我对她说。

她眉开眼笑，仿佛刚从我这儿领到

一张小红花贴纸。

可当我们坐下来品尝时，

玛拉率先抓起一只蛋糕咬了一口，

面色倏地阴沉下来。

我也拿起一只蛋糕尝了一口。

果然不对劲。

它不是甜的，而是咸的。

但我仍硬着头皮吞了下去，

没把那口蛋糕吐到盘子里。

我真没用。她说，

该死的，我真没用，真没用。

连个蛋糕都烤不好。

七岁大的小孩都会烤蛋糕。

她捶着自己的胳膊，

自己的肩膀，

自己的脸颊。

我僵坐在那里，

琢磨着她的拳头何时会落到我身上。

我不敢吱声，

　　　　一只眼睛瞟着后门。

只消五秒，我便能逃到外头。

蠢死了，她说，

蠢死了，

蠢死了，

蠢死了。

她说得对。

我居然会蠢到

开始觉得这地方是安全的。

她搞不清周围的状况。

她随时可能大打出手。

没什么，你只是忘了加糖。我说。

没错，我是忘了加糖。

我又不是个彻头彻尾的傻子。

我知道自己干了什么。

她龇着牙，眯起眼睛看着我。

我的脑海中倏地闪过一个念头：

　　　　　是我导致了这一切吗？

　　　　　是我让她有了这种感觉吗？

她猛敲了一下桌面，

又开始捶自己的胳膊。

蠢货玛拉。

蠢货蛋糕。

我怎么变得这么老？

瞧我现在这状态。

我长舒一口气。

　　　她是在跟自己，

　　　跟自己的大脑怄气。

这是疾病给她带来的压力。

玛拉根本不是在生我的气。

厨房的操作台上放着其他所有配料，

还剩有薄薄一层面粉。

烤箱也亮着没关。

我开始找糖。

你能教我做纸杯蛋糕吗？

她别过头去。少惹我。这东西

连笨手笨脚的瞎眼刺猬都会做。

我找到一块茶巾，

　　　把它叠成眼罩戴上。

咱们来验证一下你的说法。

你脑子有问题。

真的有问题。

我像僵尸似的朝她伸出双臂。

她咯咯的笑声传进了我的耳朵。

过来，让我把那玩意儿系牢一点。

我们就这样干了起来。

我蒙着眼睛，

　　　玛拉负责指挥。

最后，纸杯蛋糕终于出炉了。

味道还挺不错。

茶点时间的闲聊

罗布[①]·克兰西好久没跟我联系了。

　　　　玛拉说，

刚才是他在敲门吗？

我确定听见了敲门声。

我上厕所的时候他来敲过门吗？

老天，今天我的胃好难受。

我是不是吃了虾？

我摇摇头。

没有什么罗布·克兰西来敲门。

最近有个叫马丁的人来过。

露台上的杜松子酒——还记得吗？

他八成正跟着他哥哥四处找乐子呢。

游手好闲，两个都是。

本以为他俩会找份正经工作，

而不是成天赖在老妈家里混吃混喝——

---

① "罗伯特"的昵称。

311

就算不用管那两张废话连篇的臭嘴，

她也已经够忙的了。

他哥哥是不是想要睡你？

罗布·克兰西老想睡我，

我总对他说："滚开，罗伯特·克兰西。

我对比土豆还没出息的人不感兴趣。"

不骗你。

哪怕自家房子起火，罗布·克兰西也不会

从床上爬起来——

　　　　不，是哪怕他的床起火，

　　　　甚至他的屁股起火。

我真想把他的床单点着了试试。

他当过送报工。现在可能还在干。

他们分派给他一个街区的公寓楼，

可他不愿爬楼梯，居然把报纸

全扔在大堂里。没用的懒鬼。

不知道的人还以为他腿脚不好呢。

其实好好的。

两条腿壮实着呢。

屁股也不赖。像桃子似的。

今年他十九了吧？应该是。

这个年纪，不该再混日子了。

要是他真来敲门，他哥哥归你——

虽说长得没他帅气，

但会不辞辛苦地骑车来看你。

罗布一到夏天就跟条懒狗似的。

要是床上有活儿要干，

他就宁可睡地铺。

他哥哥叫什么来着？

罗杰。

　　　　不，不叫罗杰。那是另一个人。

叫里查德。

　　　　里奇①和罗布。

没错。

　　　　里奇·克兰西和罗布·克兰西。

一对小混混。

罗布是屁股像桃子的那个。

---

① "里查德"的昵称。

里奇有根大拇指少了一截——

早先他在一个肉贩子那里干活儿，

切腌牛肉的时候把它一并削掉了。

天哪，我从来都不喜欢吃腌牛肉。

谁会吃这东西？

它让我想起那场战争①。

也让我想起妈妈。

妈妈还没回来吗？

她到底……到底去哪儿了？

她说你可以留下来过夜吗？

我从没问过她。应该问一声的。

不过说正经的，他哥哥归你。

成交吗？咱们握个手，就这么说定了。

我不要他哥哥。

我说，

我谁都不要。

---

① 指第二次世界大战。在"二战"期间的英国，鲜肉是定量发放的配给品，最常见的肉类食品是罐装腌牛肉。

玛拉大吃一惊。

你已经有男朋友了。

他可爱吗？我敢说肯定可爱。他可爱吗？

     玛丽就很可爱。

     多纳尔是个讨厌鬼。

告诉我。

     你有男朋友吗？

肯定有，你可以让所有人爱上你。

有些人就是这样的。

你可以让所有人爱上你

有些人

就是

这样的。

情人节

全无经验的凯莉–安妮和我现学现做了一只蛋糕。

那是一只双层果酱海绵蛋糕，

抹着厚厚的粉色糖衣，撒着红色的糖屑。

爸爸下班回到家，

收到来自我们的吻

和我们亲手制作的两张贺卡，

显得完全不知所措。

他静静地吃完了蛋糕，

不敢抬头看我们。

谢谢，终于，他喃喃道，

可我感觉很糟，因为我没有准备

任何特别的东西。

那是因为你不信情人节这一套。

没事的，爸爸。我说。

凯莉–安妮一面点头，一面轻抚着他的手背。

他猛地从桌边站起身。

这说明我是个什么样的人？

告诉我，假如一个男人

连在情人节这天买盒巧克力都做不到，

那他还算个什么东西？

然后他哭了。

那是我第一次见到他流泪。

凯莉 – 安妮抱住他，直到他停止哭泣。

我们终于知道，他是爱我们的。

罗密欧与朱丽叶

七年级时，鲁弗斯夫人带全班同学去看

由业余剧团演出的《罗密欧与朱丽叶》。

我们已经学过这部剧作，

还搭配着刀剑与头饰演过其中的片段。

座椅表面裹着红色的天鹅绒。

我坐在最靠边的一列，身旁是贾森·克林。

　　他是个怪人，身上有股消毒剂的味道，

　　钥匙圈上总挂着一瓶抗菌洗手凝胶。

　　大家都管他叫"春季大扫除"[1]，

　　但那还不算最刻薄的。

　　班上有个女孩被叫作"丑八怪"——

　　　　就是这么直白，

　　　　"丑八怪"，无须任何解释。

中场休息过后，贾森突然握住了我的手。

尽管他的手指汗津津的，

---

[1] 贾森·克林（Jason Clean）的姓氏"Clean"刚好是"春季大扫除（spring clean）"的第二个单词。

尽管当时我正想拆开一袋糖果吃，
我却没有把手抽回来。

他小声问：想在大巴上接吻吗？

我说：当然，嗯，好，行。
　　　但其实我很焦虑。

　　　我已经答应索菲
　　　回家的路上跟她坐在一起，
　　　一人一只耳塞，一起听音乐。

我只好兴师动众地给她传纸条，
　　　解释说我已经同意亲吻"春季大扫除"，
　　　因此不得不让她失望，
　　　　　　也让我自己失望。

那次真是太遗憾了。
我很少有机会在手机上听音乐，

而且到头来"春季大扫除"根本就没吻我 ——

他一路上尽顾着朝一只纸袋里呕吐，

除此便是一遍遍地说着"抱歉—抱歉—抱歉"。

然而我想，

这就是爱。

爱是牺牲：

从来都不容易，

也几乎从来都不让人如愿以偿。

我 之 所 愿

爱可以很容易。
凯莉－安妮是头一个
让我相信这一点的人。

然而最终，就连爱她
　　　　　也变得困难。

因为她离开了。
而我，则任她离开了。

睡 前

你可以叫我金发女郎吗？
玛拉捋了捋花白头发的
卷曲发尾。

你想我叫你什么都行。

但是别叫我起个大早！
她咯咯笑了起来，
　　　　尽管这个笑话我已经听她讲了
足有十遍，
我还是跟着笑了，
然后站到她椅子背后，
开始给她编辫子，
一面将碎发卡进发辫，
一点点地抹平整。
你的头发总是那么好看。她说。
她指的不可能是我，
　　　　不可能是挡住我脸颊的
那几绺枯发。

她准是想到了托菲，
想到了她那被一根宽发带
从额前
　　　　束到脑后的
及腰长发。

我没有哪处是好看的。我小声说。

玛拉生气地转过身子，
尚未编完的发辫从我手中挣脱，散了开来。
知道你的问题出在哪里吗？
你总是成天胡言乱语。

在肉铺后面

垃圾箱里散发出腐肉的恶臭。

血迹斑斑的地面上撒满了木屑。

露西和简一边卷着烟卷，

一边语速飞快地说着话。

      他就像这样："随便。"

      他说"随便"，就像……就像刚才那样？

      是啊，过分吧？

      你别理他了。

      嗯，真的不值得。

我没问她们在聊什么。

烟卷传到我这里时，

我接过来吸了一口。

有谁能闻到蛆虫的味道吗？我问，

      以防她俩

都没察觉。

露西"噌"地从垃圾箱旁跳开。

呃……你是对的。

我们还是去你家吧。

简说：可我要练游泳。

我说：嗯，那还是别去我家了。

露西用胳膊肘狠狠捅了我一下。
唉。你这人真没劲。

这话并未让我感到恼火，
也没有让我感到高兴。
但至少我知道我还活着。
当身旁有露西时，
我起码能确定自己并非
他人凭空想象出来的角色。

我是真实存在的。

黑 暗

有些人怕黑。

         我不。

白天，我总是提心吊胆，
唯恐以任何形式泄露真相，
生怕有人在我说话时看着我，
注意到某些糟糕的东西，
         某些他们宁愿不曾察觉的东西。

但到了晚上，

         在阴暗处，

没有了白昼的纷扰和
刺眼的光线，
一切都变得容易许多。

         通常是这样的。

背叛

露西咧嘴一笑，
　　　　活像个怪模怪样的土匪，
肩头还搭着一只空瘪的背包，
先前我都没注意到。

玛拉床上的弹簧嘎吱作响，
隔着天花板都能听见。

我们可以把酒带到小棚屋里喝。我提议道。
露西耸耸肩。与此同时，
我把酒从一只雕花玻璃瓶里
"哗哗"倒进两只大玻璃杯，
然后
"咕嘟"
"咕嘟"
猛灌几口，
以此证明我很有趣，
是个值得交往的人。

小棚屋里，

世界在我们周围旋转，

我莫名地咯咯傻笑着，

哼着在收音机里听过

却不熟悉歌词的曲子，

直到露西打开背包，

我在她包里瞥见了玛拉壁炉台上的那只座钟。

　　　　那是一件沉甸甸的传家宝，

　　　　几乎每个早晨她都会轻轻抚弄。

随着露西越喝越高，

一阵响过一阵的笑声

渐次攀升至夜的穹顶，

我感到体内只剩下

一片虚无。

空 缺

玛拉目不转睛地　　盯着
壁炉台上的那块　　空缺

但什么也没说。

没有理由

露西没有理由拿走那只钟，
除非是为了占有而占有，
为了让玛拉失去它，
为了从一个她认为是我家的地方
拿走它，
这样我便无法拥有它
或继承它。

露西偷走那只钟，不过是
为了证明她可以做到这一点。

露西什么都不缺。
显然也不缺我这个朋友。

狮 王

爸爸在冰箱门内侧留了

一根"狮王"巧克力棒。

它在那里已经放了几个星期，变得

又冷，

又硬。

一天放学后，

我把它拿出来，

吃掉了——

配着一罐可乐，

翻着凯莉－安妮的《Hello!》杂志[①]，

每咬一口都极为惬意。

当天晚上，爸爸说：我的"狮王"不见了。

凯莉－安妮从数独游戏上抬起眼皮。

不是我拿的。我已经胖到不能再吃巧克力了。

---

① 一份专门报道名人新闻和人物故事的英国周刊。

我闷头盯着自己的大腿。

是我拿的。我小声说。

爸爸没有再讲什么，

摔上冰箱门，

就怒冲冲地

上班去了。

他总能注意到东西不见了。

有时他还会给我下套。

　　我拿走那根巧克力棒

　　正中他下怀。

因为这给了他一个发火的理由。

乌鸫

清理和露西夜间留下的
　　　　罪证时，
我发现小棚屋里有一只乌鸫。

那只鸟眨巴着眼睛，
立在一卷生锈的金属线上。

我吓得失声惊叫，
它却一动不动，
即便我向它逼近也毫无惧色。
　　　　它又眨了眨眼，
　　　　无畏地斜睨着我。

它是受伤了，还是天生胆大？
它有没有看见昨晚发生的一切？

我敞开　　　　　　　　屋门，
好让它　　　　　　　　飞走。

它顽固地扭过头去。

吓破了胆的我

再也无心打扫。

我六神无主地回到房子里。

玛拉正在看电视 —— 用的是静音模式。

私人物品

玛拉今年多大了？

　　　或许七十五吧。

　　　还是已经八十？

她离开这个世界后，会有人想要她的东西吗？

　　　谁会来把它们处理掉？

玛拉的房子里没有空着的表面：

墙上挂满照片和盘碟，

架上摆满书籍和

　　　落满灰尘的小摆设。

　　　那些蜡烛从未被点燃过，

　　　　　烛芯依旧白净，依旧封着蜡。

这么多东西，

　　　许多可能被她视而不见，

不过，

　　　到头来，

如果非说

它们有什么意义，

其实也微乎其微。

但愿真是如此。

关心

邻居的狗
把自个儿困在了我家的花园里，
　　　冲着我的脸就是一口，
　　　死死咬住不放，准备大快朵颐。

邻居用铁锹打了那条可怜的猎犬。
脱身后的我，嘴唇上多了几个窟窿，
算不上被彻底毁容，
凯莉－安妮却说
我看起来活像个爆炸案的受害者。

我在白色T恤上
揩干血淋淋的手，
走进屋内。

爸爸从窗口目睹了一切。
如果不用漂白剂，血渍就除不掉。
说完，他又继续开始搅动汤羹。

后来，他隔着墙，

就养宠物的隐患

和经济赔偿问题

与邻居理论起来。

要是铁锹在我手上，

　　　那条狗早就叫不出声了。

我再也没有见过那条狗——

　　　他们杀了它。

一周后，爸爸在网上买了一块手表。

结

玛拉正试图解开

一双放在膝上的皮鞋的

鞋带。

她扒住鞋子的孔眼，

拼命拉扯打得死死的结，

先是频频咂嘴叹气，

然后忍不住咆哮起来：

      老天！我怎么就没法……

        该死的破玩意儿！

她抓起不听话的鞋子，

      使劲朝壁炉掷去。

我拾起鞋子，查看了一下鞋带 ——

的确系得很紧，

            但还不至于没法解开。

别！泪水几乎就要涌出玛拉的眼眶。

我不许你试。

我没打算试。我骗她说，

从针线筐里抓起一把剪刀，

"咔咔"两下剪断了鞋带。

明天咱们去配新鞋带。

她说：

我们有没有拿下蒂沃利剧院的演出机会？

我要去跟罗杰谈一谈。

天哪，但愿他没把这活儿派给莫伊拉。

她老是缠着他，软磨硬泡。

我们等明天有了鞋再练。

明天你有空跳舞吗，托菲？

嗯，我告诉她，有的。

约翰·列侬[①] 效应

我们跳着舞。

音乐是玛拉挑的。

披头士乐队的

《钱没法给我买来爱情》。

玛拉看着我：

　　我说，看在老天的分上，

　　拜托你笑一下行吗？

　　要是提不起兴致，硬跳是没用的。

　　要是你看起来像只惨兮兮的落汤鸡，

　　那你踢得再高、转得再快都没用。

　　你到底怎么了？

她旋转着，舞动着，

闭上眼睛，

咧嘴笑了起来。

---

① 披头士乐队的主唱。

约翰·列侬总能让我

"性"致高涨。

玛拉！

怎么了？我是说真的。

多纳尔走后

多纳尔来了。

自我和玛拉同住以来，这仅是他第二次露面。

　　　　日历上标的是每周一次，

但那是一个谎言。

他大步流星地走进屋子，我赶紧躲了起来。

他的脚步沉重而霸道，

他的嗓音阴郁又嘈杂。

　　　　佩姬说那天撞见你在跳舞。

　　　　很好，非常好。

　　　　可要是哪天你摔一跤，

　　　　谁来替你收拾烂摊子？

　　　　我给你买这么大一台电视机，

　　　　就是为了帮你打发时间。

　　　　你还想怎样？

我想见见玛丽。

她很快就会来看我了吧？

不，她不会。

别再唠叨这事了。

我没有唠叨。我只是想知道。

　　要我帮你把那盏灯的

　　灯泡换掉吗？

嗯，谢谢。

你真好。她说。

多纳尔走后，

　　　　玛拉

　　　　像被吹熄的蜡烛般

　　　　陷入了委顿。

我看着她呆滞的目光、

紧咬着的嘴唇、

茫然摩挲着的双手，

好想问一句：你还好吗？

但我转而提议：咱们跳舞吧？
我在手机里找出《江南Style》，
为她播放起来，
竭力卖弄着那些滑稽的舞蹈动作，
试图找到一条通往她笑容的小径。

《加冕街》① 什么时候开播？她问。

我没有强迫她开心起来。
我去外面买晚饭，
让她一个人待着，好记起自己是谁，
好慢慢爬出

      她
      藏身其间的
      那个洞穴。

---

① 一部英国经典肥皂剧。

等准备好了，

她会回来的。

而我，

会在这里等她。

报警

我在手机上设置好邮箱，

登录了社交媒体。

几秒钟后，手机又是响又是震，

显得我好像是世间最受欢迎的大红人。

爸爸已经发来十二封火冒三丈的邮件，

大多是质问我有没有拦截他的来电，

两封威胁说要是我不回家

他就报警，

一封告诉我说他现在孤身一人很难过。

凯莉-安妮也发了不止一封邮件。

　　　　比尤德是个很大的地方。艾莉森，接电话，

　　　　或者在线上联系我。**拜托了。**

　　　　我一直在等。我很担心。

　　　　看在老天的分上，给我打电话。

电子邮件的好处在于，

没人知道你有没有读过它们。

于是我装作没有读过它们。

我不大清楚我为什么不回复
凯莉－安妮的邮件。

    我只觉得艾莉森已不复存在。

现在的我，是托菲。

闲逛

一只乌鸫立在花园里
那棵李树的枝头。
我在小棚屋里见过它。我说。

是同一只吗？我们把它当宠物养吧。
我以前养过一只虎皮鹦鹉。
那只猫把它吃了。
老掉牙的情节，但确实是真的。
那只猫还吃自己的孩子。
可怕的畜生。
玛拉叉起双臂抱在胸前。
它怎么老停在那里？它病了吗？

我打开门。
那只鸟挑衅似的岿然不动，
泛黄的眼睛里却闪着痛苦的微光。
你病了吗？我傻里傻气地问。
它微微张开嘴，但没有啁啾就合上了，
只发出"咔嗒"一声脆响。

玛拉手中已经端着一只盛满水的茶碟。

它受伤了。我说。

她走向那只鸟，

将碟子举向高处。

没有一丝动静。

随后，动静来了：

在一丛灌木底下，

我住小棚屋的第一晚遇到的那只灰猫

　　　低垂着肚皮

　　　偷偷摸摸地行动起来，

　　　眼睛紧盯着那只乌鸫。

它会没事的。玛拉无缘无故

　　　　　　冒出这么一句，

我去拿些种子。

我想我有种子。

或者我们可以拿些小虫。

爸爸总是备着钓鱼用的小虫。

她在记忆中努力搜寻着什么，

然后仔细环顾四周，

仿佛答案可能就藏在空气里，

爸爸在哪儿？

爸爸在家吗？

咱们有种子。我说，要是没有，

我可以去商店里买一些回来。

现在帮你的人是我了，不是你爸爸。

那只猫正贴着花园的墙根缓步挪动。

你帮我？我需要帮助吗？

有时吧。

那我也会帮你吗？

她费劲地盯着那只一动不动的鸟。

我"嘘"了几声，赶走了那只猫。

嗯。你一直在帮我。

寒暄

听见他停车时
轮胎在路面上擦出的刺耳声响，
我赶忙调低了播客的音量。

他从门厅看见了我，但什么也没说。

他走到厨房的桌边坐下，
　　　抬手揉搓着后脖颈。

我做了意大利面。我搅动着一锅通心粉，
　　　黑色的橄榄浸在红色的酱汁里。
这一餐淡而无味，我知道，
但总比燕麦片或是
用烤面包机加热的冷冻华夫饼强。
爸爸踱到窗前。

今天工作顺利吗？我问。
这是一个普通人之间
会相互提出的问题——

随便聊聊当天的情况，

以表达对彼此的关心。

我还是直接去领失业救济金的好。

他瓮声瓮气地说，

一边用指甲抠着木质桌面上的一块疤痕，

给我来点你煮的东西。

他掏出手机，

漫无目的地翻看着

一个

又一个

应用软件。

我把晚餐盛到两只碗里，

                在他对面坐下。

我已经不饿了，

只等着他吃完，

便可回到自己的房间，

装出一副忙碌的样子。

天底下最大的罪行就是懒惰。

我不想被他逮个正着。

浪费

我浪费了许多时间

去等待父亲变成一个更好的人，

期盼着也许他有可能改变，以及

  倘若**我**保持安静，

  尽量少扰乱

  他的生活，

  是否就可以改变他。

我本该更加明智地利用自己的时间——

我本可以数一数索菲的狗有多少根毛发；

我本可以用汤匙一勺一勺地舀空游泳池里的水；

我本可以背下莎士比亚的所有戏剧

      外加十四行诗。

我浪费了宝贵的时间，

  以为我只要比自己能够做到的

  再好上一些，

我就可以改变我的父亲。

买胸罩

我把日渐丰满的胸部藏在

层层紧身背心和针织套衫底下。

本以为这一招挺高明，

可凯莉－安妮还是注意到了，

她把我拖进一家内衣店

让我挑几个胸罩。

在试衣间里，

我半裸着身子，第一次看到了

自己的全貌。

随着我高声回应

　　　　有点紧。太花哨了。太鼓啦！

凯莉－安妮的手不断从门底下伸进来，

递上一个个新选项。

之后我们去了汉堡王。

别把这事告诉爸爸。我说，

　　　　不晓得为何不能让他知道。

凯莉－安妮从我这儿偷了一块鸡肉，

把它咬成了两半。

我什么事都不告诉你爸爸。她说。

她的手机响了一下。

她笑了，把屏幕转过来给我看

一段鹿追着熊跑的视频。

那时我就明白一切都是暂时的，

凯莉－安妮绝对不可能留下来。

啁 啾

一阵完美诠释了"乐观主义"的啁啾声将我唤醒。

那只鸟儿小小的身体里藏着如此多的旋律，

正催促着人们开启新的一天——

　　　醒醒，快醒醒，来看看这个世界。

　　　它唱道，

　　　醒醒，快醒醒，美好的事物数不尽。

　　　再瞧瞧我：

　　　　　躯体大过它百倍，

　　　　　音量却不及它一半，

　　　　　体内的旋律

　　　　　更是少得可怜。

会不会是那只厚脸皮的乌鸫在唱歌？

它是不是终于恢复了歌喉，

　　　特意飞回来向我们显摆？

我望向窗外。

一只麻雀在冬青丛里安了家。

　　那只乌鸫

　　已经

　　不知所踪。

我坐起身，下床去烤薄饼。

循环

大雨滂沱。
窗外的世界被白噪声填满。

我把脚蹬进玛拉的雨靴，
"哐啷哐啷"地走到屋侧，
把一盒塑料制品
倒入回收箱。

我的脚边有一小团湿答答的东西，
一堆再也无法飞翔的羽毛。

那只乌鸫回来了。
这次气魄全无——
它死了，一动不动地浸在雨水里。

从天而降的雨水重重地打在我身上。
但我决不会让玛拉发现这只鸟——
　　　　真希望我自己也不曾发现它。
我赤手将它捡起，

沉甸甸地捧在掌心，
走向花园尽头的废料堆，
把它埋在了棕色的枯叶里。

但愿它能化归尘土，
以某种美好的形式重返世间。

在后门附近我听见一声"喵喵"的叫唤。
一只饥饿的猫正在猎食。

结痂

玛拉在露台上绊了一跤，
磨破了连裤袜，
膝盖还流了血。

不出一周，伤口处
就结了一块厚厚的痂，
好似一团隆起的铁锈。

她冒着撕裂新肉的风险，
不断去抠那层硬壳的边缘。

我推开她四下探寻的手指。
拜托，停下。

我俩低头凝视着一块已经松动的碎片。

最后一块。她央求道。

我完全理解她这种抠扯的需要，

这种了结一件事情的需要，

这种眼看伤痂碎裂、脱落在即，

却迟迟等不来那一步之遥的干净时

感到的挫败。

不行。

我不能看着你伤害自己。

权力

蝴蝶很喜欢我从前的卧室。

夏天，它们会从打开的窗户翩跹而入，
　　　　舞，舞，舞，
　　　　而后拼命
　　　　寻找出路。

有几天，当我醒来时，
脸上甚至立着薄如纸片的双翼 ——
成群的蝴蝶
　　　　伴着晨光
　　　　悄然而至。

我试图捉住它们，
将它们引向窗外，
可它们是如此脆弱，
如此容易被碾伤、被杀死。
我不得不小心翼翼地追赶，
十指交扣以

困住它们，
使我合拢的双手成为
        一个洞穴。

放飞前，
        我总会把蝴蝶
        在手心里多留几秒，
        感受它翅膀的颤动
        和纤弱的惊恐。

我可以碾伤它、杀死它，
也可以走到屋外，
        把它放回
        蒲公英花丛间。
意识到自己拥有这样的权力
总让我觉得
有点恶心。

海滩日

玛拉在楼梯底下的小隔间里翻来找去，
发现了

　　　　　一只小桶和一把铲子，
两样东西上都已经缠着蛛网。
她把它们高高举起。
我不能整天跳舞。
我只有一副膝盖。
我需要出门散散心。
你也一样。

想都别想。在下大雨呢，我说，想都别想。
玛拉找出一件雨衣，把它递给了我。

我想堆点什么东西出来，她说，
我想让脚指甲里嵌满沙土。
我就住在海滩附近，不是吗？
我都能闻到水手身上的气味。

我犹豫了一下，

望着她憧憬的双目，

寻思着是否要在我们离大海有多近这件事上

对她撒谎。

我的意思是，我可以。

我可以轻而易举地骗到她。

短暂邂逅

雨水使沙子保持湿润，

      所以我们可以

      堆一些

      不会

      被风吹走的东西。

我们挖了一个坑，

在里面建了

一圈塔楼，

      搭起易守难攻的城垛。

人们望着我们——

      一个少女和一位老妇，

      双双坐在沙子里，

      手和头发都脏兮兮的。

一个小女孩跑来帮忙，

把坑挖得更深，

这样我们就不会被海盗看见。

我是一条美人鱼。她告诉我们，

我被困在陆地上了。救命！救命！

救命！玛拉跟着重复。

救命！我也跟着重复。

救命。救命。救命。

潮水缓缓地朝我们逼进，

海浪轻轻舔舐着堡垒的边缘。

我们花了一下午的时间来建造，

但没人会记得我们付出的努力，

或是这堡垒有多么迷人，

多么强大、坚固。

一切

最终

都会被冲走。

沦陷

我们等着、看着，
直到一切
都被夷平。

直到大海
攻下这座堡垒。

我 想

我把钥匙轻轻插进锁眼。
玛拉问：我们这是在哪儿？

家。我说，
一面打开电灯，
门厅的白色墙壁
霎时染上一抹灯罩的浅绿。

玛拉看着我眨了眨眼，

已记不起我是谁。

托菲。我提醒她。

我想要另一个人。我想要谁来着？
她用指甲
在印有立体花纹的墙纸上
画了一道歪歪扭扭的线。

你不想我在这里吗？我问。

我想知道答案。

泪水涌上了她的眼角。
我想。她说，
可我也想要另一个人。

夏日游乐会后

当我把那条金鱼展示给凯莉－安妮的时候，
她表现得仿佛我领养了一个婴儿。
天哪，艾莉，你疯了吗？

我需要一只碗。我告诉她。
我的脸上涂着斑马似的油彩。
一整天，我都在充气城堡里蹦蹦跳跳，
那是我上中学前的最后一场夏日游乐会。

凯莉－安妮把鸡块
　　　　撒在一只烤盘上，
　　　　将它们一股脑儿地扔进了烤箱。
一只碗和一个更好用的脑子。
难道你不知道你父亲的脾气吗？
话虽如此，
她还是在厨房的水槽底下
搜寻了一番，
找出一只落满灰尘的圆花瓶。
把它藏好。她警告道。

就当我完全不知道这件事。

它叫艾瑞丝。

我吻了一下凯莉－安妮的脸颊。

她身上有股发胶的味道。

我好开心她成了我的准妈妈。

艾瑞丝在我们家存活的时间

比我预期的要长得多。

很多年。

我想，我们几个都是如此。

艾瑞丝

你给我进来！爸爸吼道，
仿佛我是条不听话的狗。

我的皮肤开始刺痛。
　　　　我做错什么了？
我没有晚回家，
出门前没把屋子弄乱，
还给他做了金枪鱼三明治，
并用保鲜膜包裹起来，以防
　　　　面包变干，
　　　　四角卷起。

我发现他在浴室里，
我拿来当鱼缸的花瓶
　　　　正被他举在马桶上方。
他的脖颈上有一根血管在抽动。
我立马
　　　　意识到了将要发生的事情。

我们不是讨论过养宠物的事吗？他说。

我望着艾瑞丝：

　　　　它还在傻傻地绕圈，

　　　　浑然不觉自己已命悬一线。

在这一点上我嫉妒它——

记不住事，没有计划，不会发愁。

有些夜晚，我看着它

　　　　一圈一圈一圈地游着，

　　　　边游边抹除自己的记忆，

　　　　两片翘起的鱼鳍直指未来。

我一直希望自己也能如此，

但我那顽固的大脑什么都要储存：

好事、坏事、无聊事。

当独自一人时，

我就开始

扫描，

　　　　来来回回地

检视自己的生活，

却从来无法找出一个安全地带。

这是谁的房子？

我低下头，
希望如果我看起来很内疚，他便会平静下来。
你的，我说，但——

你想养猫的时候，我是怎么说的？

他很清楚他自己当时说了什么，
因为他的记忆同样不似金鱼。

他在让我吃苦头——
　　　　迫使我承认
　　　　　　他是对的，
　　　　　　我是错的。

我走进浴室。

我是在好多年前的一场

夏日游乐会上免费得到它的。

我不知道该拿它怎么办。

他的嘴唇扭曲起来。

是啊，一条没脑子的金鱼，该拿它怎么办？

      看好了，

      我来教你。

他没有一丝一毫的犹豫，

      倾过花瓶，

      把瓶里的水

      和艾瑞丝

      一起倒进马桶

      冲掉了。

事情就这么结束了。

艾瑞丝一去不返，

淹没在屎尿之中。

下次你就不会把我的话当耳边风了。爸爸说，

然后把空花瓶递还给我，

火冒三丈地从站在楼梯顶端的凯莉－安妮身旁

　　　　　　　　　　　　　冲了过去。

我没有答话。

这向来是应对类似局面的最佳方式。

反正我知道，这件事还会被他一再提起。

这次的惩罚结束得实在是太突然了。

生 日

　　　　我躲在自己的房间里 ——
多纳尔意外现身，
只图他自个儿方便。

他嘴里念念有词了好一阵 ——
关于玛拉不寻常的整洁，
关于碗柜里摆放到位的杯盘，
还有她本该蓬乱却梳理整齐的头发。

忘了它吧。
伴着电视里橄榄球赛的噪声，
他没好气地说，
反正你早晚会忘的。

可我并不知道，多纳尔。
假如我知道，就会买张贺卡。
或许我已经买了。让我找找。

行了，坐下吧。

我努力想做个好母亲。

我觉得有时玛丽会把东西藏起来。

她成天在这里藏东西。

玛丽？

别说了行吗？

我是个坏母亲吗？

多纳尔，跟我说说。

　　　　我很抱歉。

真的很抱歉。

多纳尔？玛丽是安全的吧？

或许我想到的是露易丝。

露易丝还好吗？

露易丝没事，妈。

她生了个孩子。

那孩子是我女儿。

不。是你外孙女。

那玛丽呢？

我的玛丽怎么样了？

什么东西发出"砰"的一声，

随后是一阵久久的沉寂。

老天，妈，玛丽已经死了。

你想让我跟你说多少遍？

都是好多年前的事了。你必须打住。

我没法翻来覆去地跟你说这件事。

唉，别哭。

他调高电视的音量，

                    盖住了她的声音。

我蹑手蹑脚地溜进玛拉的房间，

从她的梳妆台上

拿起那张包着玻璃纸的贺卡，

把它

扔进了

废纸篓。

上周，玛拉的手机日历"嘀"地推出一条提醒。

我从一镑店①里买了这张贺卡，

　　　　正面是高尔夫球杆的图案，

　　　　　　生日快乐，儿子。

但他现在不会得到它了。

多纳尔休想得到任何生日祝福。

---

① 一种出售日用杂货、玩具和各种小玩意儿的商店，店里的每样东西都卖一英镑。

抚慰

她喉头哽咽，

哭得上气不接下气。

一个孩子的生日，忘了。

另一个孩子的死，也没记住。

我成了什么人?

成了什么人?

我轻抚着她的手背。

你仍是一位母亲。

你仍是玛拉。

这些是不会变的。

一切都变了。

只是我不记得。

我把她搂进怀里。

　　　　她的身子在发颤。

当她终于哭着睡去时，

她已经忘了自己的眼泪

究竟是为何而流。

说 不 定

我试着让玛拉相信她是——

       至少曾是——一位好母亲，

可我无从知晓三十年前

她是如何对待多纳尔和玛丽的，

也不知道多纳尔为何会如此生气。

我相信玛拉曾经是个温柔而有趣的人，

       就像现在的她这样。

但倘若她不是，或许也没什么关系——

或许随着记忆的衰退，

随着她忘记导致她变坏的原因，

        她会变得越来越友善。

     与我们大多数人不同，

她活在当下的每一天，

     不会被梦想或忧虑困住。

假如爸爸生了跟她一样的病，

只记得我们之间的美好

     和我让他感到快乐的时光，

忘了我俩，

忘了自己

　　过往生命中的一切丑陋细节，

忘了所有那些导致他愤怒的原因，

那他说不定也会变得温和起来。

永远的母亲

我不在乎
我没有与妈妈的合影。

我甚至没有关于她的记忆。

因为我在她的身体里待过九个月，
我由内而外地了解她。
她爱我。
我知道。

我从内心深处感受到了这一点。

没有任何东西可以阻止我
同样爱着她。

能 有 多 担 心

我重读了爸爸的最后一封邮件，
那也是他发来的最后一行字。

　　　　　给我打电话，好吗？我很担心。

可他甚至都还没找到我。
所以
他究竟能有多担心？

寻人的方法那么多，
凭空消失并非易事。

使人忘掉自己孩子的，
并不只有疾病。

早餐

玛拉搅动了一下碗里的穆兹利①，

尝了一口，又吐了出来。

简直就是木屑。

我才不要吃这东西。

家里有蛋糕吗?

我能干掉一整只巴滕贝格②。

玛丽来的时候

我要让她顺道买一只。

这东西不是干着吃的。我告诉她。

我没有提醒她

玛丽再也不会来了。

   让她再度体验那种痛

   又有什么意义?

---

① 一种早餐食品、由谷物、干果和坚果混合而成，加入牛奶后食用。
② 一种最外层裹着杏仁蛋白糊的双色海绵蛋糕。

她伸手抓过果汁盒，

        把苹果汁倒进了碗里。

我等着看她的反应，

        当见到一抹暗笑浮现在她脸上，

便任她慢慢享用自创的谷物早餐。

失衡

夜深。

人静。

一阵刺耳的敲门声吓了我一跳。

应该无视它。

        别。

为什么？

     为什么我就不能

     转身上楼，

     维持住世界的平衡？

一阵刺耳的敲门声吓了我一跳。

夜晚。月光。

猫头鹰的鸣叫。一片漆黑。

为什么？

为什么我不拒绝?

为什么我就是没法
说
不。

我不知道的是

快开门。

露西把舌头贴在厨房的窗玻璃上。

我闻不到她身上的气味，

但知道她醉了，

变得愚蠢

且危险。

我不知道的是……

     直到

          为时太晚

     直到

          我已打开后门

……她还带了其他人。

唯一的安慰

你不能待在这里。

你不能待在这里。

你必须离开。

现在就走，

趁她还没醒。

露西。住手。露西。

你不能待在这里。

他们在冰箱里乱翻，

直接就着瓶子喝奶，

把奶酪咬成一块一块，

　　　嘻嘻哈哈，

　　　无拘无束，

　　　全然不把自己当外人。

简和明迪你已经认识了。

那是肯尼和乔尔。这是马克。

我从一个男孩的脑袋上

扯下玛拉的茶壶保温套。

赶紧回家。

露西，她要是醒过来，会很困惑的。

拜托，求你了。

露西一个挺身立正，

        向我敬了个礼。

行了，士兵们，冷静。

别跟野蛮人似的。

又对我说：

        我们会守规矩的。我保证。

然后在我的鼻尖上"吧嗒"亲了一口。

他们安静些了。

鬼鬼祟祟。

并不规矩。

他们转移到了客厅，

躺在玛拉的沙发上，

瘫坐在她的椅子里，

放肆地嘲弄她的照片，

自说自话地喝她的酒，

还把酒泼在她的地毯上。

他们翻出一些廉价首饰，

把它们揣进自己的口袋。

放回去。

那不是你的。

但我知道，在我身后，

还有其他东西正在被偷走，

或许对玛拉而言是更重要的东西。

楼上没有一丝动静。

玛拉还在睡。

她一直在睡。

这，是唯一的安慰。

一场袭击过后

在昏暗的灯光下，

我开始清理房间，

把靠垫重新摆放整齐，

将咖啡桌擦拭干净。

但走进浴室，

面对被尿液浸湿的脚垫，

我却束手无策。

　　　我只好把它拎到屋外，

扔进了垃圾箱。

玛拉的一只

瓷娃娃

光着身子

躺在露台上，

脑袋

已被

混凝土

　　　撞裂。

白天

玛拉在羊毛开衫的口袋里

发现了一副耳机。

她怎么也想不通。

不过说实话，

  我也一样摸不着头脑。

坏天气

玛拉又回到了床上，
脑袋蒙在被子底下。
我揭开羽绒被的一角，
　　　　　　找到她的脸。
你睡着了吗？我小声问。

没。

你饿吗？我问。

我不知道。
我想待在这里。
佩姬说我可以待在这里，
直到天上的云散去。
感觉今天有好多云。

我把羽绒被又拉开了一点，
爬上床，在她身边躺下，
我们都穿戴整齐。

对我来说，今天也是个大阴天。

我们可以晚点再起床。我说。

我把额头贴在她的肩膀上，

试图寻找到走出迷雾的方向。

是谁把你的脸弄成这样的？

她问。

是我爸爸

我告诉她。

怒 火

凯莉–安妮离开已经有一个月了。

爸爸很少提到她，

但凡提及，总会立马转移话题——

      房屋现状啦，

      交通路况啦，

仿佛这些是导致他变得骇人的

真正原因。

我躲着他。

      一场风暴正在逼近。

      空气里有股雷电将至的味道。

我用一只小水壶往熨斗里添了些水，

蒸汽"咝咝"地从发热板的孔眼里往外冒。

      那是一个星期天的晚上。

      我正在安安静静地熨校服。

我的钱包呢？

      爸爸不知从哪儿冒了出来，

喘着粗气嘟哝道。

我没看见。

我头也不抬地答道。

我没想挑起任何事端。

　　而且

　　我已经开始恨他了。

你在生闷气。

就像那次为了

鱼的事一样。他说。

我挺直腰杆，两眼定定地望着校服裙子。

除了咬紧牙关死扛，

还能靠什么战胜风暴？

我不明白你的意思。

他把两只拳头往熨衣板上一搁。

跟我说话时看着我。

抱歉，爸爸。我忙说，

　　　　一下清醒过来。

你有凯莉－安妮的消息吗？他问。

说到这个。

凯莉－安妮常与我联系。

我知道她住在海边。

很快乐。

　　　　没有。

他眯起一只眼睛，用另一只打量着我。

我倒是有。

我慢慢挪远了一点。

熨斗猝然发出一阵"咝咝"声。

她说她跟你聊了很多。

装了一肚子秘密，是吧？

其他还有什么事瞒着我?

还有什么没跟我说?

他的嗓音很平和,

　　　　　　　这是发作前的

　　　宁静。

你的钱包。我说。

　　　刚在他身后的空果盆里发现它,

　　　我就赶忙抓起它,

　　　转身向他展示他的宝贝。

可他并不在乎,

手里已经

抄起熨斗,

使出

全力

乱挥,

　　　乱砸,

　　　　　　乱扔,

整张脸烧得通红。

起来

我在冰箱旁的地上缩成一团，

哆嗦着，战栗着，

不知这一切是已经结束，

还是说他的斗志不减反增。

窗外的天空已呈深蓝色，

但沙利文一家还在自己的花园里

喝着啤酒玩巴加门①，

吵闹声中透着友爱。

我暗想：

      我的生活怎么就不能多一点那样的感觉，

      少一点这样的，

      少一点他？

沙利文家那边传来一阵尖叫。

他们新养的小狗像在被谁逗弄似的也在叫唤。

欢愉的尖叫。

----

① 一种双人棋盘游戏。

快乐的大喊。

我的脸在抽搐——
瘀血、肿胀、发红发烫的一片，
痛到无法触碰。

我躺在油地毡上，
瑟瑟发抖，
隐隐作痛，
看着他的两只脚在我眼前
踱来

　　踱去。

你没有受伤。起来。他说。

可我的身体好似砖块，
僵硬沉重，支离破碎。

起来。他又说了一遍。

我倒是想。

可我只能直愣愣地盯着烤箱底下的

灰尘和干掉的面条，

　　　　　　以及所有那些藏在暗处的污垢。

我想喊"救命"，

　　　　但没有开口。

我想站起来。

我还没来得及尝试起身，

他突然用运动鞋的鞋头踢踢我的肚子。

　　　　你还好吗，艾莉？他问，

语气中透着惊讶，

仿佛他以为我是金属做的，

仿佛他未曾听见我呻吟，

看见

我

倒下。

最终他叹了口气：我要迟到了。

你睡觉前把这里打扫干净。

我试着眨眼以扫除灼热感。

我试着推开疼痛。

但并不奏效。我做不到。

理解

我们还躺在羽绒被里。

玛拉握着我的手。

你不该被那样对待的。

可问题是

很大程度上我觉得自己活该，
　　　纯属自作自受，
之前的那些年也是一样。

错不在我，不在我，不在我。

可倘若这是其他人的错，
那他为什么不肯停下来？

接受

玛拉放开我的手。

这完全不是你的错。

问题出在他自己身上。

从来都是那些人自己的问题。

这个你一定知道的吧？

完全不同的课程

当老师们把问题、数字和图形

摆在我面前，

让我去解决、去对付、去征服时，

不管题目有多难，

只消给我笔和时间，

我总能琢磨出答案。

桑德斯女士说：

艾莉森·丹尼尔斯，

你并非天才，但相当聪明。

可眼下聪明管什么用？

她说：

再接再厉，姑娘，

你会有出息的。

但她从未想象过我的生活。

她不知道，我需要上的

是完全不同的课程。

降临节 ①

主街两旁的圣诞彩灯
已经被点亮。
海滨散步道在白色雪花灯饰的装点下
熠熠生辉。
我已经选好
要送给玛拉的舞鞋，
还花两英镑
买了肉馅饼。

我需要一棵树。她兴冲冲地告诉多纳尔。
浪费钱。他答道。

　　　她没有争辩。
　　　事情就这么决定了。

---

① 圣诞节前的四周。

缺席的火腿 ①

去年圣诞节……是去年吗？

总之是在妈妈死后。

死的人是妈妈吗？

  她定睛望着远处的什么东西，

   随后又猛地回过神来。

晚饭是爸爸做的。

可他竟忘了火腿！

他打发我们都去做弥撒，

之后我们还去了奶奶家，

把尼娅姆织的围巾送给她。

尼娅姆是个编织高手。

有点上瘾。有点爱吹嘘。

样样事情都能做好。

看着一副老实相。

  她的孩子现在都有自己的孩子了。

  奶奶很喜欢那条围巾。

牧师看上去宿醉未醒。

---

① 火腿是圣诞晚餐的传统菜肴。

准是前一晚喝了太多酒——

　　　　打着给耶稣庆生的幌子，你懂的。

我们到家时已经饿得半死。

我摆好餐具，

闻不到一点肉香。

尼娅姆帮爸爸把菜都端了出来。

　　"爸爸……"她说。

　　"火腿呢？"她问。

我的老天爷，真的没火腿。

她还不如管他叫"异教徒"呢。

她挨了一顿训，

被赶上楼去了。

于是桌边就只剩下我和爸爸，

头上戴着金色的纸帽，

吃着难以下咽的胡萝卜和硬邦邦的土豆

作为圣诞大餐。

妈妈走后，他成了个讨厌鬼。

她离开了他。

不，她死了。

她离开了我们全家。

他也打她。大吼大叫。现在仍是。

我们去看电影吧?

我们可以让罗杰预支一部分酬劳。

你有钱吗?

或许我们可以问玛丽要。

　　　　我吻了一下她的脸颊。

　　　　我去拿咱俩的外套。我说,

　　　　我们出去逛逛。

海滩

海鸥凌空俯冲，主宰着天空，
每只都有自己独特的战斗号角，
还能辨识出彼此的调门。

倘若我呐喊，
是否会有人认出我的声音？

口袋里，我的手机响了一下。

拜托

凯莉－安妮又发来一封邮件。

明天我就去康沃尔，

以防你在那里。

拜托告诉我你是安全的。

给我打电话。

我已经试着给你打过一百回了。

凯·安XXXX

我没有回复。

如今，

跟从前认识的任何人

我都已无话可说。

《油脂》①

在学校排演的《油脂》音乐剧里，我是个临时演员。

索菲得到了桑迪②这个角色，

在最后一场戏里

得穿着愚蠢的紧身裤和松糕鞋出场。

　　　为了一个男人改变自己的外表，

　　　还有诸如此类的事情，索菲，

　　　雅克对她说，

　　　这可不是真正的女权主义者立场。

索菲摸着自己的屁股。

但我看起来很不错。承认吧。

爸爸和凯莉－安妮

来看正式的演出。

两人坐在后排，

爸爸一直在埋头玩手机。

---

① 美国作曲家吉姆·维各布斯和沃伦·凯西于1971年创作的音乐剧，剧名取自20世纪50年代美国工人阶级出身的青少年亚文化群体"油脂者（Greaser）"。剧中叙述了在芝加哥韦迪尔高中，十名高中生对朋辈压力、政治、个人核心价值与爱情的疑惑与探索。
② 该剧的主角之一。

演出结束后，他说：

你朋友不错。肺活量够大的。

她是唱诗班的。我解释道。

凯莉－安妮用一只胳膊搂住我的肩膀。

你表现得很棒，艾莉森。

爸爸在发笑。

唱诗班？

她最终跟教堂可不会有半毛钱关系。

　　　　这一点我敢打包票。

回家的路上，我们停下来买零食。

爸爸让我在羊角面包和土豆圈之间

做选择，

　　　　　不能两样都要。

你歌唱得很好。他说，

一面递给收银员一张五英镑钞票。

我刚要挤出一个微笑，

他忽然补充道：

      你把那个小角色演得可圈可点。

      并非人人都是天生的明星。

我是艾莉森

我们正在看新闻——

　　　政客们兜售着他们的谎言，

　　　个个衣冠楚楚，使承诺看上去更郑重。

玛拉突然扭头看着我。

你是谁？她难过地问。

我是艾莉森。

我在这里，是因为我没有别的地方可去。

噢。玛拉点点头，

我也没有别的地方可去。

大海

我是穿着丝绸衣服在笑，
还是穿着破布裙子在哭，
大海完全不在乎。

它
来而
　　　复往，
呼吸
发怒
平息，
　　　对我在海岸线上
　　　吼出的一切
置之不理。

大海只听自己的心声，
对那些想教它如何行事的人发出的噪声
一概充耳不闻。

真希望我可以更像大海。

跌 落

我停下脚步——
看一个女孩踩着滑板下台阶。
我磨磨蹭蹭——
错过了某个十字路口的绿灯。
我细读了书报亭里
那张招聘送报员的告示。

    我再也不想从露西手上接活儿了。

我一路溜达，
到家时发现
玛拉正蜷着身子
            躺在楼梯底端呜咽，
脑袋底下是一只被血染红的枕头。

这一回

我没能止住血。
我别无选择，
只好打电话求救。

急救人员

玛拉还活着，

       被以为我是她孙女的

       急救人员

抬上了救护车。

       你可以坐在那里。他们说。

       于是我坐到了她身旁。

一只塑料面罩挡住了她的脸，

一条毯子一直盖到她的下巴。

她看着我。

托菲，

我好想你。

你去哪儿了？

我需要跟人聊聊玛丽。

你是唯一能理解的人。

你已经从小奥利弗的事情中走出来了吗？

我还会好起来吗？

你从楼梯上摔下来了。

但你会没事的。

哦，是的。我摔下来了。

可是你瞧……

　　　　我已经向下坠落很久了。

转 告

你是亲属吗？医生问。

　　　　嗯。

情况是这样的：她摔得很重。

我想她失忆了。她不记得发生了什么。

我们会让她在这儿待一阵子。

但依我看，她必须找个

没有楼梯的住所。

　　　　这是最起码的。

能拜托你转告家里其他人吗？

嗯。我会告诉她儿子的。

　　　　我父亲。

　　　　她儿子。

他皱了皱眉：行。那就这样。晚安。

独占

我伪造了一张急救人员的字条，

向佩姬解释发生了什么事情。

她的声音从楼下传来：

> 该死。该死。该死。该死。

然后是一通电话：

> 摔了一跤……是的……我不知道……

> 我现在就去医院。

然后又是一通电话：

> 摔了一跤……是的……我不知道。

> 我跟多纳尔说过了。

> 是的，他会的。

> 我会的。

> 好的，露易丝。

> 是的。

她离开了。

没有再回来。

整座房子成了我一个人的。

保持忙碌

由于没有更好的事情可做，
我开始打扫屋子：
从碗碟，到橱柜，再到地面，
又是搓又是拖，又是擦拭又是抛光，
试图忽略掉

从玛拉待过的

　　　　　各个角落
　　　　　涌来的

　　　　　寂静。

睡 梦

她的头上缠着干净的绷带。

她的皮肤如纸一般苍白。

在她近旁，一台仪器勾勒出她的心跳 ——

                活着，

        活着，   还活着。

我在她床边坐下。

她没有醒。

我不得不离开了。我说，

你不在的时候，我不能待在那座房子里。

这样做是不对的。

玛拉？

在我身后，一位护士正在查看

另一个病人的病历，边看边啧啧称奇。

玛拉从睡梦中发出一声咕哝。

什么？

留下。她说。

这里还是家里？我问。

留下。她重复道。

就在这时，佩姬也出现在病床边。

佩姬也出现在病床边

你是谁？

她厚实的手掌撑在壮实的臀部，

两片厚厚的嘴唇全无笑意，满是狐疑。

我起身向她伸出一只手。

      我是艾莉森。我告诉她，

      我是玛拉的朋友。

      我和她住在一条街上。

电话

离我安装通讯软件

才过去几个小时，电话就

   打进来了。

那个令我害怕的声音就在电话那头。

你在哪儿，艾莉森？

我盯着手机屏幕。

我为什么要接？

我到底是怎么想的？

他找到我了，

他找到我了——

这下肯定会让我吃苦头。

我到处问人。他说，

我都担心死了。

艾莉森？艾莉森，回答我。

凯莉-安妮跟你在一起吗？

我是不会回家的。我说，

我很安全。

窗外，一辆汽车发动了引擎。

有个女孩叫了一声。

一个男人笑了起来。

不知何处，一台割草机正碾过草坪。

所以你的确是离家出走了。而我还以为
你被谋杀了，尸体被扔在停车带上。
这段时间我过得魂不守舍，艾莉森。

一阵沉默。

你伤害了我。

你伤害了我，爸爸。

而且不仅是最近那次。

一直都是。

这些话是大声说出来的。

不是我脑中的私语。

不是一句疑问。

不是一声道歉。

这些话是大声说出来的。

你没必要离家出走的。

我们本可以谈一谈。

是凯莉-安妮让你这么做的吗?

要知道,你也伤害了我。

他对着手机咳了几声。

她已经把孩子生下来了吗?

她甚至不肯给我道歉的机会。

这是一个错误。一个错误。

房间"嗡"地炸开了——

沿墙而过的电流突然

集体发出刺耳的噪声。

她怀孕了?

她偷走了一个孩子，还让另一个恨我。

　　难怪。
　　原来是这样。
　　怀孕了。
　　难怪。

我挂断电话，
跌坐在地毯上，
蜷着身子
号啕大哭起来。
　　有生以来
我从未哭成这副模样。

失联

凯莉－安妮没有回复

我的任何一条信息。

连看都没看过。

而我甚至都不知道她的手机号，

没法直接给她打电话，

　　只好把我的新号码发给她。

　　请尽快给我打电话。

　　我真的很抱歉。艾 XXXXX

我每隔三分钟查一下手机，

希望能发现一丝她看了信息的迹象。

她在哪里？

她在哪里？

她在哪里？

火

点着的火柴头刚一靠近，
引火物
　　　　就像塑料泡沫般毕剥燃烧起来。
火舌生擒了
垫在一堆细枝和粗木底下的
团成球状的报纸。

火堆发出噼噼啪啪的爆裂声，
烟气在空荡荡的屋子里飘荡。

我坐在小地毯上，
目不转睛地看着摇曳的火光，
脸上的伤疤在高温下复苏。

我设法把火烧得更旺，
用沉甸甸的拨火棒在炉膛里翻捣，
迫使粗木边缘的白色灰烬掉
　　　　　　　　　　落，

以求燃起地狱之火，

将我整个人都吞没。

我感到前所未有的孤单。

不速之客

我醒来时，炉膛内只剩下闷燃的余烬，
火堆已经开始冷却，
门厅里传来"咣当咣当"的脚步声。

我待在原地，
将身子缩成一团，
仿佛这样就能
与涡旋花纹的小地毯融为一体。

房子里有喃喃自语的声音。
什么人正走上楼去。

　　　一盏灯亮了起来。

我赶忙
　　　爬到
　　　沙发背后，
竭力屏住呼吸。
楼上响起一阵碰击声。

　　　　玛拉卧室的抽屉被拉开，

　　　　然后又被"砰"地关上。

　　　　衣橱也横遭扫荡。

你得过来。多纳尔厉声说。

起初我以为他可能是在召唤我，

可他又继续说了下去。

我正在翻她的抽屉。

我不想看见妈的短裤。

你必须来这里。

要不她就得去你那里。

她身边需要有个女人。

她没法照顾自己，

而我又没时间，露易丝。

要是玛丽还活着，我会问她，

可她已经死了。

我不想增加你的负担，我只是……

他是在打电话，

在搜罗要带去医院的东西。

这件事我本可以做的——

倘若我没有如此粗心，

没有浪费时间自怜自艾，

而是去帮助他人的话。

是啊，听着，我已经走投无路了。

这话我已经说了很长时间——

她不需要这座房子。

不能再这样下去了。

他又找了一会儿，

弄出各种噪声——

　　"咣""砰""啪"，

无意对玛拉的房子温柔相待。

然后他就离开了，

都懒得对整间屋子

扫上一眼，

可还是让我意识到，

留给我的时间

　　　　　　已经

　　　　　　　　不多了。

收拾行李

我留下了玛拉给我的所有东西——

  袜子和拖鞋，

  书和笔，

把它们放在床尾，垒成一叠。

如今，我住在这里是不对的。

反正早晚得离开。

在被人发现之前，

我必须找到一个去处。

真希望凯莉–安妮能找到我。

自由落体

我没有自杀倾向，
但在这崖顶，

　　　　海风呼啸着吹过我的脖颈，
海浪泛着白沫，声声好似奚落，
我想象着脚下一滑

　　　　　　　　该是多么容易，
我可以在自由落体中
获得几秒钟的解脱，
然后

　　　　　　　　一切归零。

我没有自杀倾向，
但有些时候
我希望自己
并不存在。

撑下去。

真的好难。

爵士舞鞋

玛拉望着天花板上转动的吊扇，
手臂上插着一根套管。
嘿。我说。
她坐直了一些，冲我微微一笑。
我给你带了这个。
那是一只用红纸包裹的盒子，
最外面还扎着廉价的丝带。

她撕掉外包装，
瞪大眼睛尖叫了起来：
爵士舞鞋！
还是粉红色的！
粉红色的爵士舞鞋！
她抓起一只鞋子搂在胸口，
　　　　像人们亲吻新生小狗的鼻尖
　　　　那样亲了亲鞋头。

这是给你的圣诞礼物。
明天就是圣诞节了。

我在她的床沿坐下，

把一只手放在她的腿上。

为什么圣诞当天我见不到你？她问。

这里任何时候都能接待访客的。

我把手指插进毯子上的一个破洞里。

玛拉把舞鞋放回盒子，

将礼物递还给我：

　　　　把它带回家，藏在多纳尔看不到的地方。

　　　　等我出院后，

　　　　咱们就开始练一套新动作。

　　　　我不会让任何人打败咱们的。

然后她把嘴贴到我耳边：

　　　　这是我有生以来收到的最棒的礼物。

当我还是个大美人时，

男人们会给我买钻石。

我有一个男朋友死了。

是个老家伙——对我来说太老了。

他居然把他的船留给了我。

可我没法留着它。

我让律师把它交给他的儿子，

结果发现他居然有老婆。

有老婆！

那条该死的船就这样落到了她手里。

龌龊的老混蛋。

你怎么知道我从前喜欢跳舞？

我默默地啃着大拇指的指关节。

艾莉森？她追问道，

你是怎么知道的？

我 是 艾 莉 森

我是艾莉森。

我是艾莉森。

我是艾莉森。

       多么重大的事件。

世界却一点不为所动。

她会知道

我

买了

一棵树

这样，当玛拉回到

家中，脸上就会绽放出笑容

就会知道现在是圣诞。我买了好大一棵树

在树上挂满饰品和彩灯。这是专门为玛拉准备的，

为了迎接

她

回家

另一个频道

我看着《欢乐满人间》[①]，

吃着速冻比萨，

听着屋外传来的

节日声响——

　　　　从车载收音机里飘出的圣诞颂歌，

　　　　从中午就已喝醉的人家里响起的欢声笑语。

等到

　　　　下午探视的时间，

我去了医院。

玛拉头上戴着一顶纸帽，

正在看女王发表圣诞演讲。

莉兹[②]已经很老了，她说，

她需要一个像样的胸罩。

她有这么多钱，

本以为总有人能帮她找到

---

① 一部美国奇幻歌舞电影，讲的是一位仙女保姆帮助几个缺乏照管的孩子重拾快乐、获得成长的故事。

② 英国前女王的名字"伊丽莎白"的昵称。

一点支撑①呢。

一位护士"扑哧"笑了。

佩姬不紧不慢地走了进来。

又是你。

你是没地方可去吗?

是的。我承认道。

佩姬耸耸肩,递给玛拉一个礼物。

谁能帮忙换个台吗? 那些空话没啥好听的。

另一个频道在播《英国烘焙大赛》②呢。

---

① 在英语中,"support"既有"支撑"的意思,也有"支持"的意思。此处,玛拉无意间说了一句带有政治讽刺意味的双关语。

② 英国的一档真人秀节目。

节礼日 ①

电梯里残留着他的能量。

上升过程中我能感觉到。

他果然来了，坐在她床边，

正在凶她。

> 你非要用嘴发出
>
> 那种噪声吗？

我打断他的话。

你是指她呼吸的声音？

莫非你想让她停止呼吸？

我朗声大笑——装出来的。

多纳尔愣了一下才反应过来，

> 扬起下巴。

他的络腮胡子里卡了一团绒毛。

嘿，玛拉！

我给你买了一袋草莓糖丝。

能把你的假牙都给蛀掉。

---

① 圣诞节后的第一个工作日。这天，全国会放假一天，商店会有折扣很大的甩卖活动。

你是谁？多纳尔正色问道。

我？我是艾莉森。
我知道关于你的一切，多纳尔。
很高兴见到你。
我不认为他能分辨出我尚未成年。
我说话的口吻
或许更像是个社工。

他站起身，仰头喝完
一次性杯子里的液体。
我停车快要超时了。
我过几天再来看你。他说，
再见，妈。

玛拉看着他转身离开。

你儿子——我提醒她，
是个混蛋。

凯莉 – 安妮来电了

可我什么话都说不出来，
只是一个劲儿地哭。
没事的，她一遍遍地安慰我，
没事的，
没事的，
没事的。

真的吗？

日 出 面 包 店

凯莉－安妮掰开一个杏仁牛角面包，

递给我一半——

      尽管我手里已经有一块松饼，

      蓝莓果酱正从酥脆的外皮里往外渗。

所以……她说。

嗯。我说。

我很抱歉。她说。

我很抱歉。我说。

他才是那个应该感到歉疚的人。她说，

同时伸手拨开挡住我脸颊的头发。

这是他干的，对吗？

面包屑飘落到我的腿上。

      凯莉－安妮轻轻帮我掸掉

      裙子上的碎屑。

      她的手指有些肿胀。

你住在哪里？她问。

我很好。我说。

我很担心你。她说，我是来找你的。

我差点就回托特纳姆①了。

那他会杀了你的。我说。

我不知道自己是否在

夸大其词。

或许我是认真的。

你什么时候生？

　　　我终于瞥了一眼她的肚子。

下周。

　　　我好害怕。

你知道婴儿的脑袋有多大吗？

我把手放在她隆起的肚子上。

婴儿像只水母似的

　　　在她体内

　　　游来游去，

―――――――――

① 伦敦北部的一个市镇。

将她肚子的表面

变作了移动的小丘。

这是怎么发生的？我脱口问道。

凯莉－安妮露齿一笑，

并未听懂这个问题。

但我是想到了我的父亲。

像新生命这样美好的事，是如何

在没有任何人受到伤害的情况下发生的？

当你的孩子可能受到伤害的时候，你就跑掉了。

我说，

试图让她明白，她让我失望了。

她摸摸我的下巴：我有一个住处。跟我走吧。

起居卧室两用单间

凯莉－安妮租的房子
比玛拉的客厅还要小。
厨房就是一个水槽，
微波炉架在沥水板上，
正上方的一块搁板上摆着
一只马克杯、一只玻璃杯和一只餐盘。
房间里有股指甲油的气味。
别说这地方不错。
我知道它糟透了。
她突然皱起眉头，

                    紧按住肚子。

你不能待在这里。我说，
我知道一个去处。
不能永远住下去，
但今天一晚没问题。

在玛拉的房子里

告诉凯莉－安妮全部

真相，

　　　除此不说半句假话

不会有任何好处。

所以

我没有这么做，

而是给她泡茶，

换床单，

含糊其词地提及玛拉的住院——

原因是跌倒，而非

神志不清。

她该不会是个怪人吧？凯莉－安妮想知道。

凯莉－安妮与露西不同。

她很注意不去碰房子里的东西，

头一个小时

甚至都没把身子倚在墙面上。

你确定她不会介意我待在这里吗？

我回答说不会，因为这是真的。

我不认为玛拉会介意。

话虽如此，

我还是把灯光调得很暗，并拉上了窗帘。

向来

玛拉端坐在医院的病床上。

凯莉－安妮与她握手，

说了句"你好"。

　　　当我从玛拉的眼神里看出

她已经忘了我时，

我也与她握手，

问她说：

　　　他们又把你的鸡蛋煮老了吗？

煮老？

烤得跟石头似的，还刷了一层清漆呢。

大概是为了灭沙门菌[①]。

凯莉－安妮微笑着说。

他们纯粹只是想招惹我。

我无意中听到一个护士说我难搞。

---

① 被人食入后会引起中毒反应的一种细菌。导致人类中招的食物主要是鸡肉和鸡蛋。
吃煮鸡蛋时，将鸡蛋煮透能有效防止沙门菌感染。

就好像我会变戏法似的。

难搞？

我要是真跟他们对着干，

他们可招架不住。

你那里是有个孩子，

还是你早饭吃撑了？

凯莉－安妮似乎没有听见。

她猛地往椅背上一靠，

瞪大眼睛呻吟起来，

牙关紧咬，呼吸变得急促。

别，我说，别，别在这时候，拜托了。

这也太巧了吧！

要是电影这么拍，是个人都会觉得假。

玛拉按下呼叫铃。

一定要让他们给你用足止痛药。

千万别逞强。

凯莉 – 安妮哭了起来。

我好孤单。她说。

我们都很孤单。我说，

但现在我们是一起孤单。

妹妹

当我紧紧抱着
　　　　海伦娜小猫似的身体，
感到她锯齿状的脊柱
绵软地贴在我的臂膀上，
我怎么也记不起我是如何
在没有**她**的情况下挺过来的。

露 易 丝

佩姬正连珠炮似的说着什么，

玛拉只是望向墙面。

你朋友来了。

佩姬利索地把她的椅子往边上一挪，

　　　　为我腾出了地方。

我刚巧在跟玛拉讲，

搬去朴次茅斯①是件多么令人兴奋的事情。

露易丝就住在那里。

然后她压低声音：

她是玛拉的闺女。

我不晓得你是否知道她有孩子。

我碰见过多纳尔。

玛拉扯弄着输液管。

我已经跟你说过了。

我喜欢自己的房子。

---

① 英格兰南部的一个海港城市。

我只需要给楼梯换个地毯。

仅此而已。

佩姬向她探过身去。

又不是马上就搬。

我们会帮你打好包，

把你的东西统统带过去。

玛拉向我伸出手。

她的眼神里满是悲伤。

我才刚把你找回来，

现在我们又得说再见了。

我不想总是跟你说再见，托菲。

永远

没有永远的告别，

除非你能

抹去你曾知晓的关于某个人的一切

以及

你曾经从那个人身上感受到的一切。

几个月前我离开了父亲，

决意

　　　　到此为止，

往后与他

形同路人。

可有时当我醒来，耳畔会有他的声音，

内心深处还能感觉到他似有若无的爱，

我便会记起那些被我抛至脑后的

他所有的好，

忘记那些不好。

然后我就会感到很难过。

我希望自己有勇气给他打电话，

恳求他成为一个更好的人。

妈妈缺席了我的整个人生，

但没有哪一天我不会在心中勾勒

我们本可共度的时光，

没有哪一天我不会留意到那一处处

本该被她的身影填满的空间。

没有永远的告别，

除非你能

抹去你曾知晓的关于某个人的一切

以及

你曾经从那个人身上感受到的一切。

玛拉出院

凯莉－安妮带着海伦娜回来了，

在我的房间里给自己搭了个窝。

我得坦白一件事情。几天后我对她说。

当我向她解释

事情的来龙去脉时，

她把一只拨浪鼓朝我扔了过来，失声嚷道：

　　　　我们是在非法占用别人的房子！

玛拉出院的那天，

我们躲在小棚屋里——

像逃犯似的，

直到确信佩姬和多纳尔已经离开，

家里又只剩下玛拉一人。

空 白

白昼的最后一抹光亮没入了地平线。

我领着凯莉－安妮和海伦娜从后门走进屋子。

玛拉正在玩拼词游戏[①] —— 自己跟自己对阵，

　　　桌面上乱七八糟地铺着几堆字母。

有 ramrod[②] 这个词吗？她问。

凯莉－安妮不禁窃笑。

海伦娜大哭起来。

玛拉正了正身子。

我不知道你为啥这么高兴。

你瞧见自己现在是什么模样了吗？

凯莉－安妮头发乱蓬蓬的，眼窝陷得很深，

衬衫上东一块西一块，沾着婴儿的呕吐物。

赶紧把那个小东西交给我。

---

① 一种供2～4人玩的用字母牌在方格棋盘上拼单词的游戏。
② 意思是"阴茎"。

海伦娜就这样软塌塌地躺进了玛拉的臂弯。

你需要休息，年轻人。

玛拉看着凯莉－安妮说，

上楼去，躺下来睡一觉。

《无厘头填空》① 开始时我们会叫你的。

---

① 原名Blankety Blank，英国的一档追求喜剧效果的文字游戏类电视节目。

时而

那棵树是你弄的吧？玛拉问。

你注意到了。

喂，我还没像乔治王[①]那样彻底疯掉。
你就是这么认为的吧？
觉得我什么都搞不清？
要是膝盖允许，我真想站起来
给你一巴掌。

你时而清醒，时而糊涂。我说。

她笑了。
没错，可我们不都是这样吗？

---

① 指晚年备受精神问题困扰、最后演变为永久性精神失常的英国国王乔治三世。

你欠我

沙子又湿又硬，

易于漫步而不会下陷。

玛拉和凯莉－安妮走在前面，

我推着婴儿车跟在后头。

突然我看见了露西。

她身边还有一个女孩，

头发剪得很短，好似棕色的苔藓。

我还没来得及躲藏，她就发现了我，

　　　　先做了个鬼脸，仿佛见到了什么很逊的东西，

　　　　　　　　　　　随后就迎面向我走来。

你还欠我活儿呢。

她一直打量着我的伤疤。

在她身后，那个女孩正在打电话。

哦，对。我答道，

除此便不准备多说什么。

这时，一个新的声音不知从哪儿冒了出来。

你还欠我钱呢。我说，
你欠我八英镑。

露西迟疑了一下：我不这么认为。

你欠的。

听我说，我……

把你欠我的钱给我。

只是八英镑而已。

我让自己的表情显得如岩石般坚毅。
一只海鸥在我们头顶盘旋。

露西把手伸进包里，掏出一只钱包。
我只有一张十英镑钞票。

这个我要了。

我抓过钱。

婴儿车里，海伦娜一脸怪相——
像是在把尿布填满时的那种表情。
一切都恰到好处。

甜甜圈

我们用那张十英镑钞票
买了几袋热腾腾的甜甜圈，
比谁吃得快——
　　　不到最后一口下肚，
　　　都强忍着不去舔
　　　沾在嘴上的糖衣。

玛拉两口就吞下了
一整只甜甜圈，
赢了比赛。

我的第一名奖牌呢？她问。

给爸爸打电话

我拨通了他的电话，
向他细数他所做的一切
使我陷入绝望的事情。

电话那头，
他的声音沙哑而疲惫。

谈到最后，
他并不服气，
还是老样子，
暴躁易怒。

但我已经不会再像过去那样了。

等待救助

整个上午我都在照看海伦娜，
好让凯莉－安妮腾出手来，
给公寓刷上新漆，挂上鲜艳的窗帘。
她坚称她能使这里住得下我们三个人。

尽管如此，
        我还是去了房管部门，
将自己作为"等待救助"的人员
登记在册。

我不确定此举会使爸爸面临什么。

入学

学生们相互推搡碰撞，

又是嬉笑，又是咒骂，还打翻了托盘。

老师们则假装没有注意到，

像乌鸦似的弓身闷头吃着午饭。

校园里飘散着蛋奶沙司和漂白剂的气味。

十一年级的负责人飞快地给我办了入学登记。

那就从下周开始上课。她生硬地说，

同时翻了个白眼，示意一个流着鼻血的男孩

走进她的办公室。

又打架了，菲利普？

你怎么就……

我掰着手指计算距离考试还剩几周时间。

凯莉－安妮说：你能在这地方活下来吗？

这里就跟动物园似的。

我忍不住笑了。

全国所有综合中学^①都是一个样子，

你不知道吗？

她做了个鬼脸。

还好我已经过了上中学的年龄。

一阵铃声响起，

走廊里顿时安静下来。

不过就是噪声而已。我说，

我当然能活下来。

---

① 英国的一种接收各种文化水平和社会背景的学生的中学。

托菲怎么了？

玛拉身上有股全麦饼干的味道。

窗外的亮光已经退去，天边只剩下一抹浅橙。

后来托菲怎么了？我问。

玛拉的呼吸声很重。

也许她睡着了。

某种程度上我希望真是如此，这样我的问题
便会消散在夜色里。

托菲？你的声音听起来很不对劲。

你是不是病了？

等你身体好些，我们去野餐好吗？

我们可以带点果酱三明治和薯片。

现在天气暖和，适合野餐的吧？

我们可以穿着外套。

她的连裤袜脚部抽丝了。

她用脚趾轻轻摩挲着地毯。

她最后幸福吗？我问。

你是指"从此过上了幸福的生活"？

嗯。

    我想问的正是这个。

    我想知道我是否也能拥有一个这样的结局，

    想知道托菲是否也像

    童话故事里的女孩那样

    交上了好运，

    而没有在期盼中度过一生。

玛拉将一只手放在我的膝头。

托菲向来比我勇敢。

我是说，我的勇敢是装出来的。

我满嘴废话，穿得花枝招展，

跟年龄比我大很多的男孩调情，

干了一堆把爸爸气到炸毛的事情。

托菲不是这样的。完全不是。

她特正经。连夏天也穿棕色的衣服。

很理智的一个人。你明白我的意思吧？

然后她就离开了。我留了下来。

当时人人都往英国跑，可她离开了。

去了一个远得多的地方。

她是离家出走了吗？我问。

不，玛拉正了正身子，

她是在奥利弗死后离开的——

带着一只手提箱，坐船去了布鲁克林①。

她有没有平安抵达？

我不知道。

真不知道。

她一直没从目的地给我写信。

再怎么也该写封信的。

你为什么不写？

一张邮票又不会让你倾家荡产。

她转过头来看着我，我没法不注意到她在流泪。

不过现在你回来了，不是吗？

_____

① 美国纽约市的一个行政区。

最后一切都很好。

你没事。

我也没事。

泪水从她的脸颊滑落，挂在她的下巴上。

她用手背把眼泪揩掉。

我真的非走不可吗？

嗯。我说，但一切都会很好的。

我觉得，说不定真的会很好。

最后一舞

凯莉－安妮鼓着掌。
海伦娜流着口水。
玛拉和我大口大口地喘着气——
我们又过了一遍那套旧舞步，
但这一回有了观众。

迈右脚，
　　　　收右脚，
右脚
右脚
右脚
右。
现在换左脚——
迈出去，收回来，
左脚
左脚
左脚
左。

玛拉和我倒在装得半满的纸箱上
　　　　开怀大笑，
我笑得整张脸都疼了。

但已不再有那种火辣辣的感觉。

离开

哦，是你。

佩姬关上汽车的后备箱。

玛拉站在大门口，

身上穿着一件红色长大衣，

肩上背着她的那只手提包。

托菲，

　　　　　　她向我伸出一只手，

我要去别的地方了。

一个小孩踩着滑板车从我们身旁飞驰而过。

他的母亲手忙脚乱地追在后面。

你也一起去吗？

我握住她的手。

那是一只枯瘦而温暖的手。

我报了个舞蹈班。我说。

而事实是：

某个周六的上午，卫理公会教堂，

摇摆舞和萨尔萨舞，

年龄不限

好了，咱们上路吧。佩姬兴高采烈地说。
我想我要去别的什么地方了。玛拉重复道。

我从你这里借了一本书，
可是还没有看完。我说，
它叫《月亮虎》。我紧赶慢赶，
还是没来得及翻到最后一页。
我可以留着它吗？

她转过身来面对着我。
她的眼神在恳求。
转瞬间，
　　　她已用双臂搂住了我的脖子，
她大衣表面的粗硬羊毛
紧紧地贴在我的脸颊上。
我想你。她说，
我想你，可你明明就在这里。

我尽可能久地抱住她。

当我放开手的时候，

我望着她——

我知道，

我们以后不大可能再见面了，

即使见面，

她也不会认得我。

尽管如此，

在脑海中某个隐秘的角落，

我俩总是会记住一切。

但愿我俩同样能够拥有忘却的能力。

尾灯

副驾驶座的车窗内有一只手在挥动。

汽车尾灯在灰蒙蒙的天幕下闪烁。

不到中午就要下雨。

之后将会重新放晴。

一定会的。

图书在版编目（CIP）数据

托菲 / (爱尔兰) 莎拉·克罗森著; 毛蒙莎译. --
北京: 九州出版社, 2023.7
ISBN 978-7-5225-1815-2

Ⅰ. ①托… Ⅱ. ①莎… ②毛… Ⅲ. ①长篇小说－爱
尔兰－现代 Ⅳ. ①I562.45

中国国家版本馆CIP数据核字 (2023) 第079948号

著作权合同登记号: 01-2023-2315

托菲

作　　者	[爱尔兰] 莎拉·克罗森　著　　毛蒙莎　译	
责任编辑	杨宝柱　周　春	
出版发行	九州出版社	
地　　址	北京市西城区阜外大街甲35号（100037）	
发行电话	(010) 68992190/3/5/6	
网　　址	www.jiuzhoupress.com	
印　　刷	天津中印联印务有限公司	
开　　本	850毫米×1092毫米　32开	
印　　张	15.875	
字　　数	190千字	
版　　次	2023年7月第1版	
印　　次	2023年7月第1次印刷	
书　　号	ISBN 978-7-5225-1815-2	
定　　价	75.00元	